原SIN罪

食 暴

III

饞・耽溺者

（※本故事內容純屬虛構，如有雷同，純屬巧合。）

暴飲暴食、過度浪費、沉迷耽溺——是爲暴食之原罪
歡迎來到答菁世界裡的暴食

楔子

給……我。

牆上的時鐘指向了半夜兩點多，秒針在寂靜的夜裡移動，發出了清晰的聲響：噠、噠、噠。

廊底的房門緩緩開啓，垂著雙肩的人踉蹌的步出，他每一步伐都相當詭異，赤裸的雙腳踮著，只用腳尖走路，身體一頓一頓的，根本站不穩當，也走不平順，肩頭幾乎是擦著牆行走的，彷彿這樣才不至於跌倒。

然而沒走幾步，人影雙腿一軟，啪的直接趴上了地。

他乾瘦的手抓著地面，用指尖摳著地板往前走，他不能停在這裡，他好渴……好餓，他再不吃東西會餓死的。

空氣中瀰漫著令人食指大動的香氣，他聞到了炸雞的迷人味道，腦海裡跟著浮現出那金黃酥脆的麵衣、裡面鮮嫩多汁的雞肉，伴隨著黑胡椒與辣粉的香氣，他嚥了好幾口口水。

給我……給我……

他喘著粗氣，吃力的用指甲摳著地面緩緩往前爬行，拖動著他那即使骨瘦如柴還是沉重的身軀。

他因為太虛弱而站不起來，他始終感到飢餓，怎麼吃都吃不飽，不只是炸雞，他還想吃炸薯條、花枝丸、四季豆……他可以吃下一整個炸物攤上所有的東西！

還要喝飲料、吃火鍋，不誇張的說，他真的可以吃下十隻牛！

他順著香氣的來源爬了過去，緊閉的房門也無法阻礙他，撐著身子一咬牙，向上一蹬就將喇叭鎖轉開了。

這是另一間更為寬敞的房間，靠近電板點了個昏暗的小夜燈，正中央的大床上，躺著一對和被而眠的男女。

淺眠的女人率先感受到風，微弱的風吹來，她緩緩睜眼。

一時間還有些迷糊，但她聽見了細微的磨擦音，在她的房裡響起……沙……沙沙……

咦？她皺起眉，努力撐起上半身往床尾看，什麼都瞧不見，但的確發現角落那十一點方向的門開了！

「爸爸。」她下意識伸手一抓，朝身邊老公肥壯的手臂抓去。

這一抓順利打斷了震耳欲聾的打呼聲，男人皺著眉睜不開眼，瞇眼瞧她，

「幹嘛啦！」

我們房門開了……女人沒敢說，只是用不安的眼神朝床尾瞄去，緊張得動都不敢動！

男人不耐煩的嘖出聲，曲起手肘也半撐身體往床尾那兒看去，「蝦餃啦！」門開了吧？是瞎了嗎？他們的房門原本關得好好的，無緣無故怎麼會開？是不是有……小偷進來了？

男人一時半會兒都還沒反應過來，只是皺眉看著半敞的門，再轉頭看向老婆，接著，他終於也聽見了那詭異的沙沙聲。

「幹什麼！」他倏地朝左邊床下一看，大喝一聲，「阿齊！」

「噫——」老婆拿被子掩住嘴，被這大喝聲嚇了一跳。

等等，他說誰？

「是阿齊啦！你搞什麼，趴在地上做什麼？」男人不悅的低吼著，掀開被就要下床，打算把爬進房間裡的兒子揪起來。

「不不——」細叫聲來自於床上的老婆，她慌張的往前撲去，雙手抓住肥壯手臂就把他往後拖，「別去！」

「幹什麼幹什麼？」男人又累又睏，他已經為兒子的事夠煩了，「你們這一天天的，能不能給我個安靜日子過啊？」

製造麻煩的兒子、沒用又愛花錢的老婆，這種家除了給他添麻煩之外，他眞的不知道有哪裡是値得稱爲一個家的？

「老公！」女人緊緊扣著他，「你忘了嗎，阿齊他已經——」

不在了啊！

男人瞬間清醒，是啊，他那個寶貝兒子，已經被他們親手埋在了山上，不是嗎？

那麼……男人低下了頭，看著那個在地上匍匐著、一寸一寸朝他腳邊來的人是誰？

瘦骨嶙峋、渾身是土，但是那衣服與褲子，就是那晚阿齊身上穿的制服……電光石火間，男孩倏地抓住了男人的腳！

「哇啊！」男人嚇得縮回腳，女人看不見地板上的阿齊，只是被丈夫的行爲嚇得慌張！

「你看到什麼了!?」女人恐懼的喊著，抓起枕下的經文朝空中筆劃，「阿齊！你不能怪我們，是你自己搞死自己的，爸媽只是把你埋起來而已……」

下一秒，本在地上爬行的身影唰地拔地而起，一轉眼便跳上了他們的床！

中年夫妻瞬間愣住，在昏暗的夜燈照耀下，他們或許看不清那沾滿泥土的臉龐，但是、但是那身形衣著，再再都是自己七天前親手埋下的兒子啊！

「啊……啊……」男人喊不出一個字來，他們敢情是活見鬼了嗎？

男孩歪了歪頭，一雙眼咕嚕咕嚕的看向男人，再看向女人，從喉間逸出宛如地獄傳來的沙啞聲響。

『給……我……』

邊說，他嚥了口口水。

「哇……哇——」女人尖叫著突然跳下床，就朝著門口要奔去！

瘦削的土人啪的一旋身，直接從床上跳撲上女人的後背，磅的就將其撲倒在地！

躲在床頭的男人嚇得不敢動彈，眼睜睜看著兒子撲倒了妻子，從他眼前消失，然後就……沒人尖叫、沒人逃跑，什麼聲音都沒有了？

發生了什麼事？

他緊張的往床尾的方向爬去，他想呼喚老婆，但卻又怕阿齊的亡魂還沒走，但這太安靜了，安靜到讓他全身汗毛直豎，安靜到……不，不對！

他發抖的手停下，側耳傾聽，聽見了吧唧吧唧的聲響。

那彷彿是有人正在大快朵頤些什麼……而他對那種聲音太熟悉了，那正是他們家的爛習慣，連他自己都不知道被唸了多少回——

吃飯不要發出聲音！

再往前爬了幾寸，妻子的臉總算出現在眼前。

肥胖的女人躺在地上，雙眼無神的看向天花板，而他們那個七天前就已死去的兒子，正趴在媽媽的身上，發出吃飯的吧唧聲。

吧唧吧唧吧唧吧唧……

看著地上鮮血橫流，男人不敢猜是怎麼回事，他眞的嚇到哭出來，卻不敢哭出聲，雙腳開始不聽使喚的晃動，然後——他兒子滿嘴是血的抬起了頭！

他望著上方、床尾的男人，咧嘴而笑。

『給我。』

「哇————」

第一章
慶生會

萬里無雲的好天氣，陽光熱情的照耀大地，雖說藍天美好，但同時也帶來了熱死人的高溫！這時，強大的冷氣就是最偉大的發明了。

「請適量拿取，吃多少拿多少！」穿著制服的少年說道，看著排隊拿取餐盤的客人。

「你好囉嗦喔，婁承穎！」在隊伍中的李百欣沒好氣的抱怨著，「你是捨不得花錢喔！」

「你請客還這麼小氣？」張國恩跟著答腔，反正李百欣說什麼他都挺。

「這是吃到飽，你們吃多少都沒差，我只是提醒不要浪費食物！」婁承穎認真的說著，「我請客我很開心喔！但就是希望大家不要浪費！」

後面這句說得特別大聲，眼神卻往餐廳的角落瞟去。

因為在角落那兒就有放滿食物的一桌，每一盤的食物都是放好放滿，甚至尖到疊起來的，彷彿怕吃不到似的！但最糟糕的是，很多盤根本只吃一口就被扔在旁邊，甚至有直接翻倒在地面的。

桌旁有個正狼吞虎嚥的男孩，他有張相當稚氣的臉龐，與不相襯的龐大身軀，完全沒把身邊牆上貼的「適量拿取」當一回事，只顧著低頭猛吃。

「你吃慢一點，小邦，別老吃肉啊。」對面的媽媽把一盤生菜推到他面前，「來，吃點青菜！」

「不要啦！我最討厭吃青菜了！」男孩低吼著，直接掃開那盤菜。鏗鏘聲嚇了所有客人一大跳，整盤落地後，生菜飛得到處都是！

婁承穎倏地回頭，全店都認識那個國中屁孩，那算是店裡常客，也是他非常看不順眼的客人之一！他緊握著雙拳，轉身就要走過去時，另一個資深店員趕忙掠過他身邊，順勢按了他的肩膀一下：我去。

隨著那邊的騷動，所有人都望了過去，張國恩噗哧一聲，「是肥邦。」

「啊？肥邦啊！」李百欣認眞的打量著，有點驚訝，「我記得他之前還沒這麼胖啊！」

「那種吃法怎麼可能不胖？他比以前更誇張了！」張國恩科科訕笑起來，「越來越像頭豬了！」

嘖！李百欣立即回頭瞪了張國恩一眼，「做什麼人身攻擊啊！」

身爲體育健將又有點囂張的張國恩立刻撇了撇嘴，反正百欣的話他都聽！婁承穎看著這景象有點莞爾，難怪大家現在都叫李百欣：「訓獸師」。

「你們認識那個孩子喔？」婁承穎跟著隊伍前進，他今天負責取餐區。

「認識啊，你不……啊，你是轉學過來的難怪！他在S區小有名氣，很少人不知道他。」李百欣壓低了聲音，不想讓別人知道他們在議論他，「當初就是以體型聞名的，小學就八十公斤了。」

「哇喔……」婁承穎多看了角落幾眼，同事們已經在清理灑落的食物了，「他跟我們同年嗎？但我看他……」

「比我們小，應該才國中生喔！」李百欣仔細細算著，雖然洪偉邦看起來又肥碩又大隻，但其實不過才十四歲吧。

「他很常來嗎？你們店不被他吃垮喔？」張國恩又調侃著，再度迎來李百欣的白眼，「我沒說錯啊，妳看他滿桌的東西！這麼會吃卻還挑食，不想吃又拿這麼多。」

「我們店是吃到飽就沒在怕啦，他是少數的客人，但……重點不是在他吃多少。」婁承穎看洪偉邦不滿的是在另一部分：浪費了多少。

學長收拾好走回來，遠遠的對上婁承穎的雙眼就使眼色。

「你別陪著同學了，別忘了還在上班，多巡視一下！」學長頓了幾秒，「你別去角落那邊。」

「可是——」

「他是客人，付了錢的，他要怎麼浪費食物我們不能管！」學長語重心長的說道，「認定浪費與否是店長的工作，你不要去跟人家起爭執。」

「但是他哪一次不是……」

「婁承穎！」學長厲聲警告，「你快去照顧客人的需求，你還有好幾桌的同學有點飲料！看看七桌、六桌那邊！」

邊說，學長用手肘推了他一下，婁承穎回首往六桌看去——聶泓珈！

他趕緊拉拉圍裙，用最專業的笑容朝六桌走去，當然也發現了坐在聶泓珈對面、那個他越看越不順眼的「讀書人」。

「怎麼還不去拿食物呢？」他禮貌的來到六桌邊，對著一個高瘦、戴著鴨舌帽、怎麼看都像是個男孩的帥氣女孩說道。

女孩對面那個纖瘦還蓄著長髮的清秀「男孩」聞聲抬頭，露出漂亮的笑容，「嘿！壽星來了！生日快樂！」

「謝謝！」婁承穎這才轉身看向杜書綸，因爲今天是假日，所以他把及肩長髮放了下來，看起來更像女孩子了，「快去拿吃的吧！有些好料補貨會慢喔！」

「謝謝你請客……只是，生日還上班啊？好辛苦。」杜書綸打量著他全身上下，眞的是餐廳員工。

「這樣我比較能照顧到大家！」婁承穎立刻再轉向聶泓珈，「珈珈，妳有特別想吃什麼嗎？」

始終低垂著頭的女孩終於抬頭，微笑著搖首，「我自己拿就好了，嗯……生日快樂。」

聶泓珈笑起來還是很好看的。

她像男孩，但是五官卻是英氣十足，隨便一個微笑就能令人動心！只是她太不常笑了，總是不敢與人對上眼神，是個希望全世界都別看見她的頂級社恐……所以她願意接受邀請來到這裡他就很開心了。

「那個……禮物。」她轉頭想拿禮物。

婁承穎緊張得倒抽一口氣，珈珈有準備禮物要給他？聶泓珈居然要送他禮物！

「他在上班呢，珈珈！等等慶生時再給比較有FU！」對面的杜書綸溫溫的出聲，聶泓珈要打開袋子的手立刻縮了回去。

她點點頭，向著婁承穎又是一個輕笑，「你、你先忙。」

婁承穎的笑容僵在臉上，頷首後轉身離開，離開前不忘瞪了杜書綸一眼，也太礙事了！

聶泓珈看著婁承穎的背影，眼神移到了某張桌子上，那桌四個女孩正吱吱喳喳，其中一個穿著火辣的女生打從一開始，就盯著婁承穎不放了。

「我覺得啊，」她突然趨前，杜書綸跟著也往前傾，「那邊有個女生可能喜歡婁承穎唷！」

杜書綸眉一挑，露出一個意味深長的笑容，不敢太貿然的回頭，只好拿出手機來假裝自拍。

他們都是S區S中的學生，一年六班，今天是同學婁承穎生日，他剛好在一間吃到飽的餐廳打工，所以邀請全班過來參加他的生日宴，餐廳兩點半休息，班上同學可以吃到四點，爲他慶生切蛋糕。

外表高大帥氣的聶泓珈其實原本是不想來的，她上高中前就矢志成爲班上的邊緣透明人，希望沒人能注視她、記得她，安安穩穩的過完高中三年就好了，可是……

基本上她如男孩的外表就已經註定不尋常，更別說一百七十七公分卻還持續長高的身高，那不是想隱身就能隱身的身高，再加上開學以來一直遇到各種麻煩事情；先是班上有人自殺、再來是霸凌與暴力，每一件都跟亡靈扯上關係，不幸的是她也都被捲進每個事件中。

雖說是平安度過，但是每一次她……他們幾乎都成爲了焦點。

「不自在我們就回去？」對面的杜書綸放下了手機，那雙深邃的眸子總是溫柔的看著她。

聶泓珈搖了搖頭，「我沒關係……他說得對，我是逃避，不是想成爲透明人。」

杜書綸低頭笑了起來，「逃避雖然可恥，但是很有用。」

聶泓珈露出個無奈的笑容。

之前一班有個被當成透明人的男孩，被全班徹底無視、被父母手足輕視，所以他一直希望被肯定被看見，但最終……卻還是因為長期的被忽略，選擇了讓自己消失，因為他已經被洗腦到認為自己是多餘且沒用的那個人。

男孩曾經對聶泓珈說過，她想求的透明人只是想活在自己的世界裡，明明心底還是希望跟世界有所連結，說穿了就只是一種逃避。

她不否認……以前的她，跟透明人根本毫無關係。

他們兩個終於起身去取餐，同時李百欣他們已經拿好了一盤菜餚，嚷嚷著要跟他們坐一桌；李百欣、婁承穎、張國恩這幾個同學都共患難過，見過厲鬼與惡魔，因此聶泓珈也沒那麼排斥。

經過一桌時，杜書綸瞄了辣妹一眼，是個非常漂亮的女孩，雙眼果然目不轉睛的看著婁承穎。

「咳！」恰巧婁承穎來置換新菜餚，杜書綸莫名的清了清喉嚨。

婁承穎皺著眉瞥了他一眼，把餐盤置換後再多看一眼，「有事？」

「挺受歡迎的嘛！」他邊說，眼尾朝一號桌那兒瞟去。

「噓……」婁承穎果然知道！他即刻緊張的握住杜書綸的手，把他拽回來，「別看！」

「很正啊，身材又好！」杜書綸這是肺腑之言，豐胸細腰大長腿！那一桌都是正妹，就屬那個最辣！

「我沒興趣。」婁承穎嘆了一口氣，「你怎麼注意到的？」

「大哥，她一直盯著你啊，誰都看得出來吧！噢，不過是珈珈先注意到的，畢竟我背對那個辣妹。」

婁承穎聞言暗抽口氣，珈珈先注意到的？那她萬一誤會他跟那個女生有什麼那還得了！

「反正我跟她沒什麼，我也不認識她！」婁承穎趕緊澄清，「你們別誤會喔！」

杜書綸只覺得有趣，別說他了，這一屋子男性都不由自主的看向那個辣妹，結果受到青睞的婁承穎居然沒興趣啊！

才想叫杜書綸轉告聶泓珈時，婁承穎眼神卻突然丕變，杜書綸跟著回頭，瞧見破百公斤的男孩正吃力的走來。

正值盛夏，肥胖臃腫的洪偉邦全身是汗，散發著酸臭的汗味，惹得客人不住掩鼻，而他逕朝取餐檯這邊走來，竟帶著一臉怒容。

「喂！我桌上都沒位置了，你們快點把那些盤子收走！」他嚷嚷著，然後竟直接插隊拿過空盤子。

被插開的人嚇了一跳，卻不敢說什麼，因爲他們幾乎是被撞開的，再看著洪偉邦一路擠一路推，完全無視於排隊的人，直接來到杜書綸身邊；杜書綸正在夾烤牛排，夾子冷不防地就被搶走，他完全無法反應，還被一屁股朝左撞飛！

「喂！」婁承穎忍無可忍的大喊，立刻上前壓住了洪偉邦拿夾子的手。

向左踉蹌的杜書綸沒兩步就被在他前方的聶泓珈拽住，珈珈可不只是骨架或身高像男生而已，她是眞的非常有力。

「走開啊！我要夾牛排！」洪偉邦看向婁承穎，這服務生做什麼？

「同學，很抱歉，您不能整盤取走，而且您已經浪費太多食物了，您桌上那好幾盤菜都沒吃！」

「就難吃不想吃啊！你們餐廳不把東西做得好吃還怪客人沒吃？」洪偉邦吼了起來，「要是好吃我當然會吃完啊！」

「那你可以不要拿這麼多啊，每樣拿一點，吃了好吃再吃！」

「我哪知道你們東西這麼難吃！我是以爲好吃才拿這麼多的！」洪偉邦完全就是睜著眼睛說瞎話，「我現在覺得這個烤牛排好吃，那你擋在這裡做什麼？」

「你是這裡的常客，我們店什麼味道你不知道才怪！」婁承穎分貝跟著拉高，「你再喜歡吃也要排隊，而且要有限度，不能一次全部夾走！」

其他店員趕緊抵達現場，好聲好氣的勸阻，有人想把婁承穎拉開，但他就是死活不讓。

「抱歉!同學,隊伍那邊,請從那邊排隊好嗎?」店長客氣的請洪偉邦移步到右側的隊伍尾端。

「走啊!」另一個學長正使勁拉走婁承穎,不能把糾紛鬧大,會影響到店的!

可是已經來不及了!尤其在整間店有一半以上都是婁承穎同班同學的前提下,大家怎麼可能不挺同學!

「幹什麼幹什麼啊!」洪媽媽焦急推開隊伍,從中間岔入,「不許碰我兒子喔!當心我告死你們!」

她一伸手指,就指向店長出言警告。

隊伍上的同學一陣東倒西歪,惹得學生個個怒火中燒,「妳推什麼啊!死肥婆!」

「誰!妳說的?」她一轉身,就狠狠的瞪向某個學生,「說話一點教養都沒有!」

「妳推人耶!推人就很有教養喔!」學生人多勢眾,根本沒在怕,「妳兒子推人還插隊,沒教養的是你們吧?」

洪媽媽惱羞成怒,走上前就想要對該名學生動手,店長趕緊擋在中間,急忙要將局勢壓下。

「別這樣……有話大家好好說！」店長萬般無奈，「洪媽媽，你們要拿東西沒問題，但是請你們排隊，大家都一樣！」

「我才不要！這個烤牛排好不容易才出一盤，等排到我時都沒了！我要吃全部！」洪偉邦幾度掙扎要夾起肉排，但婁承穎也千方百計的推開他的手，就是不讓他得逞。

唉！洪媽媽不是不知道自己理虧，但她的寶貝喜歡吃烤牛排，又一直喊著吃不飽，讓他一下又怎麼了？她趕緊從包裡拿出了信用卡，直接遞到店長面前。

「我多付兩個人的錢！就讓他好好吃！」

店長一怔，這是重點嗎？

「這不是錢的問題！我們是吃到飽餐廳，就是大家都能吃，排隊拿餐是基本禮儀，不要浪費也是基本素養……您看看您那整桌好幾盤的食物都要倒掉，現在又要來這裡插隊夾肉……」店長深吸了一口氣，「這樣好了，不如我退您錢，請您跟兒子立刻離開我們店，我其實有權不做你們的生意！」

哇！婁承穎雙眼一亮，日常好好先生的店長，也是有硬起來的一天嘛！

店長好帥！

「幹得好！」

「好帥！」

「滾出去啦！」學生瞬間起鬨。

「你什麼態度啊？我是付錢的！」洪媽媽立即發怒，「我愛吃多久就吃多少！小邦，拿！隨便你拿！」

「滾開啦！」彷彿得到強力後盾似的，洪偉邦不客氣的衝撞婁承穎，這討厭鬼拼命的阻止他夾牛排耶！

婁承穎被推得向後，幸而學長就在旁邊，只是兩人一起被推倒而已。

李百欣看得一肚子火，突然深吸一口氣，「他是插隊的，不要管他！我們夾我們的！」

一呼百應，學生們也不管隊伍了，大家一人一夾子衝向洪偉邦，一起要去搶烤牛排！

「滾開！哇！滾開！這是我的！你們誰都不許拿！不許——」洪偉邦是胖、是身強體壯，但架不住人多啊！

洪媽媽氣急敗壞的上前直接動手，拽過了學生們，誰都不該阻止她兒子吃飯！李百欣跟張國恩不知何時也都加入戰局，因爲張國恩是體育健將，他打算從後面把那死胖子拖倒！

不相關的客人看了紛紛傻眼，快吃完的趕緊結帳就走了，有的人則在原位觀望著，上場戰鬥的都是婁承穎的同班同學，當然也有幾桌冷冷的隔岸觀虎鬥，反正不想惹事。

「都住手！大家都冷靜點！」外圍只剩店長蒼白無力的叫喊聲。

看著有人伸夾過來要搶烤牛排，洪偉邦直接暴走，他居然端起了整盤裝菜盤，直接往地上扔去！

「哇呀！」在一旁的學生紛紛被燙到，尖叫聲四起！

連原本要逮他的張國恩也受池魚之殃，被一片肉貼在腿上，燙得他又叫又跳！整盤烤牛排都已經掉在地上了，洪偉邦看著大家尖叫跳躍反而覺得喜不自勝，甚至動手把其他菜也全亂丟在地上！

「喂！你做什麼！」婁承穎忍無可忍的衝上前去。

「不給我吃大家就通通都不要吃！不能只有我一個人挨餓對吧！」洪偉邦怒吼著，「活該！活該——」

啪剎！一大杯飲料從婁承穎的右肩後方直接潑向了洪偉邦，杯裡的冰塊還砸上他的額頭跟鼻骨，疼得他皺眉鬆手。

「做什麼啊你！」洪媽媽見狀焦急的想上前，立即被李百欣刻意擋住。

「可樂是個好選擇啊，你去灌個一百杯，總會飽的吧？」潑完可樂的杜書綸悻悻然的說著，左手順道把一疊紙巾按在婁承穎身上，讓他擦衣服，一邊示意他退後，「天氣太熱了，大家降溫一下，腦子可能會比較清楚點！」

奇妙的是，現場眞的突然靜了下來，店員們分身乏術的在幫燙到的學生們做緊急處理，但是莫名被潑得一身甜膩的洪偉邦卻更加委屈！

「你們不要太過分！我是付過錢的，你們怎麼可以不給我吃東西！」洪偉邦竟然哭了起來，「你們歧視我！你們是故意的！」

不……不是……店長想要解釋，杜書綸向右一轉頭，示意他噤聲。

「大家都有付錢，按規矩排隊取餐就是了，誰都吃得到，沒人不讓你吃。」杜書綸說話非常溫和，但對著的是洪媽媽，「是你不打算讓大家吃的，不是嗎？這裡只有你在搞歧視，是你在欺負其他客人。」

「我兒子食量大，他喜歡吃肉排！你們讓他吃一下怎麼了？他很容易餓啊！」洪媽媽氣急敗壞的繞過散落地上的肉排，趕緊到兒子身邊去，「你們可以等下輪啊！反正他要吃東西，就是要立刻馬上讓他吃到！」

「這好辦啊，好好說就可以了。」杜書綸露出一個客氣的笑容，再向右看向店長，「店長，你們廚餘都放在哪裡？」

咦？店長愣住了，廚、廚餘？「在……在後……門？」

「應該很大桶了吧？是不是指引一下，安排這位先生去後門用餐呢？」

唉，聶泓珈正在拿冰塊幫同學冰敷，一聽見杜書綸的話語，立刻就站起身了，他又來了！

「你什麼意思？你在說我兒子是豬嗎？」洪媽媽果然一秒暴怒！

「不不不，您誤會了！」杜書綸堆滿笑臉，甚至走近了洪偉邦，「豬都還知道規矩呢，你們不要汙辱豬好嗎？」

「啊啊啊——」洪偉邦怒不可遏，一拳直接朝杜書綸揮去。

啪！肥大的拳頭出拳又狠又直，但卻打在一個張開的手掌上，杜書綸早就絲滑的向後仰，此時更是乾脆的後退了兩步，好讓聶泓珈有足夠的空間能遞補上去。

讓讓！讓讓！他趕緊叫李百欣跟店員們退後，給珈珈一點空間嘛！

「你們知道豬也不會隨便出手打人嗎？」杜書綸唉呀的嘆了口氣，真唯恐天下不亂，「而且牠們其實很愛乾淨的！」

「吼啊啊！」洪偉邦氣得要再動手，但是他……他收不回拳頭？「咦……放！……」

被聶泓珈包住的拳頭竟然抽不回來，低垂的鴨舌帽簷遮去她的雙眼，感受著意圖抽回的拳頭時，她只是包握得更緊。

「妳幹什麼啊！放開我兒子，我要報警，我要告你們傷害！」洪媽媽歇斯底里的喊著，「放開我兒子！」

杜書綸冷不防地一擊掌，清脆的掌聲響起，聶泓珈便立即鬆開了手——就在洪偉邦使盡全力量往後時！

反作用力讓他肥大的身軀向後倒，一併將在身邊的媽媽狼狽的壓倒在地上了！

「哇啊——」母子兩個都是重份量的，撞到了檯子、再雙雙落地，還把上頭一堆夾子跟物品一塊扯到地上去，現場頓時亂成一團，他們母子也摔得不輕。

學生們看著這景象，滑稽得直想笑。

「報警吧！」聶泓珈頷了首，對婁承穎小小聲的說著。

「……報！報警！店長快報警！」婁承穎意會過來，今天這場合，不報警的話，只怕等等出去就是各種版本的論調了！

「有必要嗎？」店長反而遲疑了，他就不想鬧大啊！

「他們的嘴臉你還看不出來嗎？和解的話，倒楣的絕對是你的店。」杜書綸禮貌的建議，「報警的話，你有一屋子的證人呢！」

少年扶了眼鏡，眼鏡下是銳利的雙眼：打電話。

「噗……哈哈哈哈哈！」最先狂笑的，居然是李百欣，「活該！」

聶泓珈詫異的看著這看似正義感十足的同學，大概都被激怒了，她腳也被肉排燙傷，氣不打一處來吧。

「哈哈哈……他們好像不倒翁耶，爬不起來！」接著所有學生都刻意嘲笑起來，故意指著他們母子倆，就是沒人要出手幫他們。

「連站都站不起來了，還要一直吃！小心肥死喔！」

聶泓珈是覺得過分了些，但她沒有出聲阻止，她不想再干預任何事，只是默默的趕緊閃到一邊去，繼續當個半透明的人。

瞄到附近邊緣的桌邊，也是班上同學，他們冷冷的看著這兒，一臉惋惜。

「眞想看到杜書綸被揍！嘖！」

這句話即使在嘈雜中，還是被聶泓珈準確接收了！她無奈的看著去裝可樂的杜書綸，他還一派樂天的問她想喝什麼。

這傢伙，就愛樹敵。

店長心裡有許多委屈，但也只能要求店員上去協助攙扶。

再壞再爛，反正現在也走報警程序了，不能坐視這對母子躺在這充滿醬汁、飲料及菜渣的混亂上。

婁承穎雖不爽依然上前，看著掙扎起不來的母子，他內心也是於心不忍。

六個店員加一個店長，費了九牛二虎之力，好不容易才把洪偉邦母子給拉起；學生們紛紛回到自己座位，沒人想幫忙，期間更多客人結帳離開，都弄成這樣了哪有東西吃？

終於站起來後，洪偉邦背部都是菜汁肉醬的，他大口大口喘著氣，覺得自己受到了奇恥大辱；洪媽媽在一旁心疼的查看，兒子胖成這樣後，關節都容易受損，這摔傷還得了！

「唉呀我的寶貝啊！你有沒有哪邊摔疼了？受傷了？」洪媽媽氣急敗壞的找尋著聶泓珈的身影，「我一定會告你傷害！我兒子只要有哪邊傷著了，我一定讓你後悔！」

順著媽媽的視線，婁承穎意識到他是在針對聶泓珈，這他可不能忍！

「你們不要太過分喔，明明是你們先動——」

話都還沒說完，洪偉邦居然伴隨著大吼，狠很的以雙手猛然推開婁承穎！因爲現在一片混亂，婁承穎身邊沒有任何同事，遠處的聶泓珈也來不及上前，他眞的是向後滑了一公尺後，重重的摔上了地！

「婁承穎！」距離最近的張國恩立即衝過去，同學們瞬間怒火中燒！

「有沒有搞錯啊！打人啊！」

「誰都不要動！你躺著！警察就快來了！給他們看！」

聶泓珈不可思議的看向始作俑者，卻發現那個洪偉邦……在怒氣沖沖的同時，居然轉頭直接抓起了餐盤裡的菜，囫圇吞棗的塞入口中！

他還有心情吃，而且不惜汙染菜盤？

店裡怒吼聲、叫罵聲不絕於耳，嗡嗡得令人難受，聶泓珈掩著耳想找地方躲……嗡……嗡……一隻蒼蠅飛過了她的面前。她厭惡的揮開了那蒼蠅，振翅聲比蚊子更加惱人！

慌張的搜尋杜書綸的身影，長髮男孩直接在飲料機邊喝起可樂，他還有閒情逸緻啊！

過來！一對到眼，杜書綸立刻招呼她過去。

飲料機在店裡的另一個角落，因爲可以遠離戰場，聶泓珈自然是趕緊過去，更別說婁承穎現在身邊圍滿了同學，大家都在互相叫罵，也沒有她能相助的地……方……

「咦？杜書綸！看！」

那個一頭豔紅頭髮的辣妹踩著九公分的高跟鞋，跨過人群、肉塊跟各種菜渣，筆直的朝著洪偉邦走去！

「死肥豬！」女孩突然大喝一聲，舉起了右手，「你居然推他！」

她打直的右手裡，倏地噴出了辣翻人的氣體！

「走！」杜書綸二話不說，抓著聶泓珈就往外逃！

他們飛快的伏低身子衝出了餐廳外，但是在推開玻璃門的一瞬間——嗡嗡！

迎面衝來一大片蒼蠅，聶泓珈嚇得伏低身子遮擋住臉，拼命的揮舞！

「珈珈？珈珈！」杜書綸用力將她往前拽，「妳怎麼了？」

刺耳的嗡嗡聲隨著玻璃門關閉而漸弱，但聶泓珈卻依舊顫著身子，手臂上是滿滿的雞皮疙瘩！

「你沒弄到嗎？一大堆蒼蠅啊！」她邊說，一邊嫌惡的抹著自己的臉，眞的被撞好撞滿！

「蒼蠅？沒啊！在哪兒？」杜書綸左顧右盼的，天氣的確是熱了，但也不至於出現一大堆蒼蠅吧？

「就……飛進去了啊！」聶泓珈焦急的轉頭指向店裡，裡面依舊是團戰進行式，但由外望進去，實在看不到蒼蠅飛到哪裡去了。

更糟的是，警車來了。

顧客糾紛是小事，如果被發現餐廳裡有這麼多蒼蠅，事情怕就更糟了！

第二章

巨團蒼蠅

婁承穎設想過今天會有可能的各種惡作劇、別樣驚喜，或是種種生日把戲——但他就是沒有想到，會在警察局度過生日。

這也是S區警局最熱鬧非凡的一次，二十幾個學生都在局裡做筆錄，而且沒講兩句就吵架，而另一對母子嗓門特別大，連警察勸阻都沒什麼用，最後只好直接安排在不同的地方做筆錄。

「店家太過分了，我們是有付錢的！」洪媽媽激動不滿的喊著，「居然不讓我們夾菜，而且還不收桌子！」

「嗯，就我們所知，你們夾了一堆東西，最後卻沒吃對吧？這是浪費食物。」警察已經先問過店長了。

坐在旁邊的洪偉邦瞇著一雙眼，他痛得連眼睛都睜不開，有個女孩非常不客氣的往他臉上狂噴辣椒水，最狠的是，她是直接對著他眼睛噴去的，一下午都在醫院急診室進行了沖洗跟處理，才能到警局做筆錄。

儘管是數個小時後的現在，他雙眼與整張臉都還是過敏漲紅，再再顯示辣椒水的威力。他一臉不爽的挪挪姿勢，體型碩大的他塞在小椅子裡，很不舒服。

「浪費食物就浪費食物，大不了賠他們說的百分之十啊！」他不滿的嚷嚷，「我媽都已經要給他們錢了，他們不收拾還要趕我們出去！」

警察望著眼前男孩一臉的理所當然，完全能理解店家的不滿。

「你的意思是，只要願意付那百分之十，就可以隨便浪費食物嗎？」警察搖了搖頭，「孩子，食物跟錢都不是這樣用的，為什麼不取適量的東西吃就好呢？」

「煩不煩！就是因為難吃啊！我不想吃菜，這個老太婆一直拿那些我討厭的菜給我吃！」洪偉邦狠狠指向洪媽媽，「妳夾的幹嘛不吃？」

「我……我吃不下啊！而且那都是因為你只吃肉不吃青菜，我會擔心……」洪媽媽苦口婆心的，但孩子完全沒有在理睬她。

「我不喜歡就是不要！她浪費的你們找她！」洪偉邦用力推了桌子，這舉動引起警員的直覺反應，跳起來就要制止他。

「你們做什麼……不要碰他！」洪媽媽也跟著上前阻止，這時女警由後扣住了她的舉動，直直往後拖。

獨立的房間裡碰撞聲與大吼聲不斷，幾個警察飛快的進入協助，因為洪偉邦實在太大隻，人手不夠是無法將其制伏的。

這陣騷動也引起外頭學生的注意，但負責做筆錄的警察則繼續提問，好讓學生們分心。

「問我一個就可以了啦，辣椒噴霧我噴的，有事衝我來。」眼睛還帶著點紅腫的女孩得意的抬起下巴，「那兩個人太誇張，又扔東西又推人的，而且肥成那樣，誰都無法抓住他，我只好動用辣椒水了。」

警察看著穿著火辣的女孩，一雙眼睛不知道該往哪裡放，她穿著深V低胸的衣服就算了，還半透明，讓她穿外套卻拒絕，她說好身材就是要露給大家看。

「好……妳叫，陳詠歆對吧？」警察嘆了口氣，「所以他有攻擊妳嗎？」

「沒有。」陳詠歆倒是大方搖頭，「可是他們動手打人，還想拿餐檯的東西丟人。」

唉，但如果洪偉邦沒有攻擊她，她卻主動噴辣椒水，那就不能算是自衛啊！

「換句話說，妳是因爲覺得受到威脅對吧？」

咦？一旁的婁承穎一怔，聽出了警方的弦外之音。

「對……對對對！」他趕緊出聲，還刻意往左傾向了陳詠歆，「因爲那個男的意圖攻擊大家，我們班很多人皮膚都被燙傷了，接著他又要扔東西，所以陳同學覺得自己會有危險，才朝他噴辣椒水的。」

陳詠歆戴著超長假睫毛的雙眼眨了眨，她完全聽不出自己有這個意思，她沒有覺得受到威脅咧！

可是現在婁承穎卻用眼神明示暗示，讓她順著他的話說，自知拙於言詞的她最終選擇了……呃，點頭？對吧！點頭就好了！

在人群裡的李百欣轉了轉眼睛，瞬間也明白怎麼回事。

「對啊！要不是她先出手，下一個被揍的人說不定是我了！」李百欣誠懇的看向陳詠歆，「同學，謝謝妳！」

「啊？……好，不、不客氣！」這場面反而讓陳詠歆渾身不舒服。

「謝謝妳！妳眞是大英雄！」

「當時他離我很近耶，都是妳幫了大家！」

突然間你一言我一語的，外頭成了感恩大會，陳詠歆受寵若驚啊，她這種8＋9，居然會被S區內第一高中的同學狠狠道謝耶，馬的超爽！這可以讓她吹一陣子了。

本來遇上這種事，就是會路見不平拔刀相助，而且更重要的是……她大方的看向婁承穎，她喜歡那個姓婁的男生啊！之前跟朋友來吃飯時，一進門就注意到他了，所以她現在週週都來吃！

早上要不是因爲那肥豬要動手打那男生，她也不會冒著自己被嗆到的危險去噴他辣椒水。

外頭突然一片和樂融融，另一間房裡是亂吼加壓制，而當中唯二兩位學生卻單獨被隔離到第三間房間問話。

坐在桌子對面的警官翻看著紀錄，翻到紙都快爛了也只有一張，然後緊皺著眉，狐疑的看著坐在對面的一對男女。

男孩蓄著長髮、戴著銀邊眼鏡，滿臉寫著「我很聰明」的模樣，自在的挨著牆坐著，而他身邊的「女孩」高大雄壯，低垂著頭，椅子甚至還往後挪好幾公分，不敢挨著桌邊坐。

「我……我一時有點迷糊，你們今天來這裡是因爲吃到飽餐廳的糾紛？」武警官相當的困惑，轉頭問向同仁，「今天沒有什麼重大案件嗎？」

下屬幾分錯愕加緊張，「沒有啊！別嚇我啊！武哥！」

「欸，超過了啦！眞的只是餐廳糾紛！」杜書綸有點想笑，「你不要一副我們進警局，就有大案子的樣子。」

「不不，我沒這麼想。」武警官客氣的回以微笑，「原則上看到你們就有大案子，還不必進警局。」

噗……杜書綸是眞的忍不住噗哧一聲，還推了隔壁聶泓珈的大腿，她鴨舌帽下的雙眼不客氣的瞪著他，還開玩笑喔？

「那個……我們不是故意的……是那個人先推杜書綸了！」聶泓珈緊張的解釋，「對方出拳，我下意識就擋下了。」

「珈珈只是想阻止對方揍我，你看我這麼瘦弱，對方不知道是我的幾倍大，我哪受得住他一拳？」杜書綸突然一臉楚楚可憐，「後來他媽媽要珈珈鬆手，她也鬆手啦，所以是他自己摔倒的。」

杜書綸回答得非常誠懇，他當然知道他們會是被針對的人之一，畢竟珈珈是聽他的暗號才鬆手的，而他觀察的最佳時刻，就是在那胖子最使勁之際，反作用力才會最大嘛！

不過如果那個洪媽媽要對珈珈提告的話，還是挺麻煩的。

聶泓珈打算就交給杜書綸說明，他口才一流、能說會道的，一定能幫她擺脫這個麻煩事的！她不想被告、不想上新聞、不想再被任何人看見了！

「如果對方有受傷的話，妳可能多少還是得負責任，這個要有心理準備。」武警官言歸正傳，「除非就是盡量讓對方和解，或是不對妳提出任何告訴。」

聶泓珈這才緩緩抬頭，那黯然的臉色帶著悲傷，爲什麼她覺得武警官在說一件很難的事？看到那對母子，她一點都不抱希望。

「沒事的，我們有理，畢竟是他先動手要打我的。」杜書綸直接伸手握住了聶泓珈的手，「我在。」

她看著他，立即點了點頭，是啊，有書綸在，她什麼都不必怕。

喔……武警官看著眼前這對兩小無猜，他們之間眞的有種說不出來的羈絆，但也不太像情侶，感覺是超越了男女情愫？卻有著更深刻的家人情感？這就是青梅竹馬嗎？

「那我們……」

緊張叩門聲突然響起，接著門被打開，有位警察相當嚴肅緊急的看向武警官。

「有狀況！」他說完即刻轉身就走，武警官他們幾乎是同時跳起，就筆直往外衝。

聶泓珈跟杜書綸丈二金剛摸不著頭腦，還呆呆坐著，五秒後武警官再度返回，抓起了剛剛寫的筆錄。

「你們兩個可以回家了……哎！」他指向了他們，「是誰說沒有大事的！」

「不關我們的事吧！」杜書綸無辜的嚷嚷著，冤枉啊大人！

聽著外頭一陣兵荒馬亂，想來是出了大案子，因爲警察們都出外勤了，各方筆錄也差不多做完，警察便讓學生們各自散去。

「你們等著！我一定會告到你們倒店！」洪媽媽扶著洪偉邦走出來，忿忿的看著一屋子人，一一指著，「妳！還有妳，妳把我兒子弄成這樣！」

指尖指的自然是陳詠歆，她歪著頭，一排九個耳骨釘閃閃發光，帶著唇環的唇輕蔑一笑。

「等你喔！」她嘲諷的昂起頭來，婀娜的旋過腳跟，「怕妳老娘不姓陳啦！」

「哇嗚！」學生們一起歡呼，掌聲響起。

這氛圍惹得洪偉邦母子只是更加惱怒，繼續叫囂，此時杜書綸突然唱起了生日快樂歌！

「祝你~生日快樂……」伴隨著他的歌聲響起，全部的學生即刻跟著哼唱，大家隨著節奏拍手，同時把婁承穎包在中間。

餐廳店長很無力但也無可奈何，跟著一起祝賀婁承穎生日快樂，該來的躲不掉，現在當務之急是要快點回店裡善後啊！

「怕人吃就不要開餐廳啦！」被徹底無視的洪偉邦在離開警局前，只能無能的撂下這麼一句。

靠近門口的聶泓珈看著那對母子吃力的步下階梯，笨重的挪移著身子，區區七階樓梯，走得洪偉邦氣喘吁吁。

「我好餓啊媽！」洪偉邦哀號著，又痛又餓！

「想吃什麼？媽媽買給你吃！」

「我要吃漢堡，五十個！」

「唉，寶貝，五十個太多了，醫生也說你要減肥，你不能……」

「我要吃！我就要吃！——」

無視於路人的側目，洪偉邦就像個三歲孩子，只會用任性表達自己的需要……過度的需求。

隔著那扇玻璃，聶泓珈站在警局裡看著那對母子漸漸離去的身影，在他們身後有個人影站在那兒，她覺得有點奇怪，因爲樓梯下也有路燈，怎麼看過去……那個人卻是一整個黑。

不是一身黑，而是像極了動畫裡那種全部塗黑的人……是黑色人形看板嗎？裡頭唱歌唱得正興奮，婁承穎尷尬的接受生日祝福，他這輩子都很難忘記這次的生日了。

聶泓珈悄悄開了門，溜出警局外，想看清楚樓梯下那個人影是怎麼回事……嗡嗡嗡——

剎那間，那個人影直接散開，竟是等人高的一大群蒼蠅！

「哇呀！」剛巧路過幾個人，嚇得連忙抱頭揮手。

聶泓珈不可思議的看著那一大群蒼蠅四散，然後又集體朝著洪偉邦母子的身後飛去，牠們集中成好幾團的圓形，或高或低的飛著，甚至保持著一定距離，彷彿在……跟蹤洪偉邦母子？

聶泓珈打了個寒顫，雞皮疙瘩瞬間爬滿全身！

一陣風從旁吹來，是玻璃門再度被打開，一隻手直接箝住她的左臂，「怎麼了？」

是杜書綸。

「那……那個……」她趕緊指向前方，卻突然發現蒼蠅大軍不見了！

杜書綸順著她指的方向看去，略微蹙起眉，「我應該看什麼？」

聶泓珈抿唇搖頭，她感覺非常的不對勁啊！

「大家說要回餐廳幫忙收拾東西，然後幫婁承穎慶生，妳去不去？」杜書綸低聲問著。

他知道聶泓珈想當邊緣人，雖然才死不久的曹觀柏對她說過，她只是逃避罷了！珈珈是聽進去了，只是他依舊想遵照她的意願，不希望逼迫她。

「不想！」聶泓珈毫不猶豫的回答，「我想回家！」

每一個字都帶著顫抖，這讓杜書綸立即再望向遠方，洪偉邦母子的身影依舊，但剛剛發生什麼事了嗎？珈珈在害怕！

尚在思考，突然見到一台機車停下，騎士剛摘下安全帽，杜書綸立即將聶泓珈的鴨舌帽壓低，讓她背過身去，同時拉開了玻璃門！

「走了吧！別打擾警察們工作了！」他一秒揚起笑容，「再不快點，婁承穎的生日就要過了！」

「喔喔喔！對對！」張國恩一馬當先的走出來，「大家快點去幫忙！」

一整票學生朝著警察道謝，然後魚貫走出，同時看見了拿著手機走上來的騎士！他毫不避諱的錄影，於此同時，杜書綸悄悄的拉著聶泓珈退後，隱匿到人群的後方去。

「是來就飽餐廳的學生們嗎？我是S報的記者！」男人對著他們拍攝，「可以請問一下事情是怎麼發生的呢？有人說你們在霸凌身形肥胖的人？」

此話一出，所有學生紛紛瞪大了眼睛，怒火緩緩竄升。

「你是聽誰說的？什麼霸凌——」最前面的張國恩立刻不爽的就要開罵。

「欸欸！」一隻大手及時由後扣住了張國恩的肩頭，婁承穎從人群裡擠了出來，「我們現在要回去清理被對方破壞的餐廳，因爲對方把食物扔得到處都是！」

李百欣反應極快的跟著上前，「對啊，我們快去幫忙，我們身上還被那個人扔肉排扔得全身髒汙！」

周凱婷趕緊也擠到前面，刻意靠近記者，「欸，我的手被那傢伙弄傷了，等等可能不能做太重的事喔！」

「沒問題！被食物燙傷的人幫我們擦桌子就好了。」婁承穎揚聲說道，接著把店長推了出去。

店長踉踉蹌蹌，再呆也知道現在的情況是什麼了！只見他一身狼狽，尷尬的朝著記者笑著。

「我們得先回店裡，如果你方便的話，要不要跟我們一起回店，就知道究竟發生什麼事了！」

不等記者反應，大家直接用人海戰術下樓，將記者逼著向後退。

記者在左側，杜書綸與聶泓珈藏在右後側，他們跟著大家下樓後，記者怕浪費時間，趕緊跳上機車先行到餐廳去，學生們也紛紛找自行車騎著離開。

「聶泓珈！要不要我載妳？」搶到共乘腳踏車的婁承穎開心的朝聶泓珈騎來。

結果白色的身影立即出現，陳詠歆直接坐上後座。

「再怎樣你也應該先載我吧？」她大方的雙手就擱上婁承穎的肩頭。

喔喔……杜書綸雙眼都亮了，「哦～～～～～」

哦～哦什麼啦！婁承穎嚇了一跳，他不好意思拒絕，也不知道該怎麼辦，抓著龍頭僵在原地。

「先去吧。」杜書綸擺擺手，卡在這兒做什麼。

「那那……那……好！」婁承穎尷尬到不敢看周凱婷他們，卻也不敢叫陳詠歆把手放下，只能僵著身子騎車離去。

杜書綸瞄向身邊死命低垂頭的聶泓珈，緊緊握著她的手。

「走，我們回家。」

現場架起強力的燈光，鑑識人員正在積極拍照蒐證，警方個個緊鎖眉頭，即使戴上兩層口罩，也難以掩蓋那濃烈的腐臭味！週遭全是嗡嗡聲響，蒼蠅的數量實在有夠多。

偌大的床上躺著兩具屍體，是一對夫妻，仰躺在自己家床上，胸腔與腹腔是敞開的，裡頭的內臟被拖出，一片血肉模糊；而且初步檢視傷口，還不是被刀子或是利刃剖開的，更像是撕開的。

加大雙人床上全浸滿了血，揮之不去的蒼蠅不停的打擾鑑識人員，過往不是沒遇過腐爛的屍體，但是今天這兩具的蒼蠅也太多了！

「窗子不是密閉的嗎？爲什麼會有這麼多蒼蠅？」武警官觀察過四周後忍不住問，「這數量多到……唉！」

邊說，他擺手揮開，這數量多到每幾秒就有一隻蒼蠅會撞上他似的。

「聽他們說剛進來時，兩具屍體上是蓋滿蒼蠅的，就像兩個黑壓壓的人。」老李皺著眉搖頭，「這不對勁啊，小武！」

「停，我不喜歡聽那三個字。」武警官立即喊停，舉凡不對勁、有問題什麼的，他短期之內不想再聽見了！

這短短兩、三個月以來，「不對勁」的案子還少嗎？

法醫先做初步的勘驗後，拎起了自己的箱子，一派自然的朝他們走來。

「你看起來是這間房子裡最自在的人了。」老李由衷的說。

「習慣了，這兩具還好啊，死沒幾天……但蒼蠅多了點。」法醫回頭，看著那兩具正在被拍照的屍體，「就這出血量來說，腹部是生前被撕開的，肌肉痙攣，死前應該飽受了巨大的痛苦。」

「撕開？用什麼撕？」老李不可思議的問著，活活把人的肚皮撕開？「別的不說，光他們兩個那肚子上的脂肪……」

「是啊，擱手術檯上都得分層切，結果一下就被撕開了，有點像……」法醫突然梗了住，凝視著那兩具屍體的傷口好幾秒，「野獸。」

一票警察紛紛倒抽一口氣，不要鬧了！現在連野獸都出來了嗎？

「要通知動保處嗎？」武警官沉著聲問，「熊？還是狼？」

他們S區地處偏遠，依著國家公園的山林，野獸的確不足爲奇，只是市鎮建立已久，燈光通明，動物們早就躲於深山中，不會跑到城市裡來了啊！

「人。」法醫正首，輕飄飄的扔出一個字。

警察們先幾秒錯愕，接著一同啊了聲？

「你剛剛說是野獸的……」

「我說有點像，like。」法醫指指地板，「旁邊全是人類的移動痕跡，有手印，也有腳趾頭，類似趴在地上的痕跡。」

他們不是沒見過命案，但是人類有那個力量可以活活把他人撕開嗎？那根本不像人類的力量。

武警官想起前不久汽車旅館屠殺案，一個瘦弱的高中女生，可以把一整根管子從死者的肛門刺入、貫穿全身，但她清醒後根本做不到，因爲當時的她，是被鬼附身了。

「老李！小武！」身後有人喚著，「你們過來看這個！」

兩個警察立即走出房間，跟著同事朝走廊盡頭走去，那兒有另一間房間，蒼蠅聲依舊惹人煩躁，大家一邊揮著手，一邊進入了房內。

房間很寬敞，有一組同事正在探查，武警官拿起手電筒跟著照耀，看見牆上的動漫海報、滿桌的書籍、樂高，以及地上的制服，可以知道這是間高中生的房間。

「嘖！這間沒屍體，怎麼蒼蠅也這麼多？」老李擺著手，厭煩得都快崩潰了，「他們的兒子嗎？有看見人在哪？」

「沒找到，至少現在沒在屋內，不過——」同事指指他腳前的箱子，「這是剛剛從床底下拖出來的。」

是吸食器。

「旁邊那幾包即溶咖啡空袋子就是毒品對吧？」老李皺起眉，「這東西都傳開了嗎？這孩子吸毒嗎？」

武警官拿起空的即溶咖啡包裝袋，最近有一款便宜好入手的新型毒品在流傳，粉末為淡紫色，簡稱「紫貝」。

「這總不會是學校作業吧？」同僚搖了搖頭，「假設，那對夫妻眞的是被殺的，或許這些可以解釋凶手哪來的力量。」

吸毒者在吸食後產生幻覺，而且變得力大無窮，活活咬斷人頸動脈的事都是常態了，眞的要撕開腹腔或許也沒想像的困難。

武警官翻找一番，嗅聞了一下，「這應該就是『紫貝』，不是說跟一般毒品不同，不容易上癮？」

「紫貝」價格低廉，容易入手，最重要的是成癮性低，也沒聽過會產生幻覺，只是人會變得興奮，甚至頭腦更清醒，有點像不會醉的酒精。

但毒品終究是毒品，依舊是違法的。

「看來開始起變化了，說不定是吸食到一定的量就成癮。」老李立刻起身，到書桌旁去翻找，「得先找到這傢伙是誰，哪間學校的啊？」

武警官昂起頭，手電筒照到另一面牆上，看見一整個黑色的方塊突兀的出現在牆上。他認眞的將光線照上，略微往前，卻赫然發現那個方塊會動！

嗡嗡——一剎那間，黑色的方塊瞬間散開，又是蒼蠅！

武警官下意識的躲避似乎朝他衝來的蒼蠅，再趕緊朝牆上看去，才發現剛剛那群蒼蠅整整齊齊停的地方，是一面獎狀。

「S高，年度榮譽獎學金第一名。」武警官喃喃唸著，「白……松齊？」

有點難辨認不是因爲光線，而是因爲那紙獎狀是四分五裂、再被黏回去的。

「嗄？優等生啊！」老李跟著湊上前，燈光照耀下，他們才發現旁邊的牆上有個曾經黏過什麼的痕跡，留白的部分與其他牆面顏色大相逕庭，「能拿S高的獎學金的學生不簡單啊，他……吸毒？」

「誰說好學生就不會吸毒，課業與品性是分開的，社會上多少有頭有臉的人，個個菁英份子？」武警官涼涼訕笑著，「你告訴我有幾個是品性高潔的？」

「哈哈哈哈！小武說得有理啊，那些人我們搜查得還少嗎！」同僚跟著噗哧，「品性高潔的才不會去做政治人物咧！」

「會死得很難看吧！」

屋子裡傳來難得輕鬆的笑聲，武警官倒是覺得有點笑不太出來，剛剛蒼蠅們是聚集在這張獎狀上，方正到根本不合常理，所以他轉身走出學生房間，讓鑑識人員等等檢驗一下那張獎狀。

他更知道，就算那獎狀上有能吸引蒼蠅的東西，牠們也絕對不可能聚集得這麼整齊劃一，彷彿是要吸引他的注意：來看這裡喔！

他頭又痛了，雖然身爲警察，許這種願望很奇怪，但他還是想說：希望這起命案，單純只是人殺人的案子！

第三章

秘密交易

大批學子騎著腳踏車在杏花樹下前往學校，有人已經迫不及待的並駕騎車，討論起昨晚可怕的頭條新聞；也有人路上向聶泓珈打招呼，調侃的喊著，「吃到飽吃到警局去喔？」

聶泓珈超級不喜歡大家對她說話，她明明不想引人注意，爲什麼偏偏一直有事情招惹他們呢？

「那個讀書人沒被打喔？」

咦？聶泓珈突然聽見身後飄來聲音，下意識緩下了騎車的速度。

「沒！他身邊就有那個不男不女的啊！我好想看他被揍！」

「那胖子眞沒用！活該被噴辣椒水啦！」

聶泓珈刻意別過頭，看著那兩台腳踏車從她右側騎過，這熟悉的言論區區兩天就聽到兩次，她認眞的多看幾眼，是不認識的學生啊，還不是他們班的！但他們的言語間卻充滿對書綸的厭惡？爲什麼？沒有交集啊！

杜書綸是那種很聰明、故意又嘴很賤的人沒錯，可是他從不主動招惹人的，爲什麼不認識的同學會希望他受傷？

鄰近校門口，聶泓珈俐落的跳下車，牽車進入校園。

「我不管看幾百次，都覺得妳跳下車時的姿勢超帥的。」婁承穎帶著笑從後追來，「欸，妳那天爲什麼沒有留下來？」

咦咦？聶泓珈牽著車，尷尬的看向婁承穎，他依舊滿臉堆滿笑意，但眼神裡卻認眞的直視她的雙眼。

噢天！那天離開警局後，她沒留下來幫忙整理餐廳、參加婁承穎的生日趴，怎麼搞得像是罪過了？

「我……」她緊張的握著龍頭，一時間連路都不知道該怎麼走了！

「因爲我累了。」回應是從左後方傳來的，伴隨著尖銳的急煞聲，然後是前方老師立刻扯開嗓門：

「杜書綸！牽車入校！」

聶泓珈立刻停下腳步，轉回首看著如及時雨的杜書綸跳下車，他只瞥了她一眼，她就已經讀到了「我來了」的訊息，心裡頓時放心了。

婁承穎一見到他，笑容即刻斂起，好不容易今天發現聶泓珈一個人，這傢伙出現得還眞及時。

「抱歉，那天太累了，而且被那個胖子又推又拽得很不舒服，我就讓珈珈陪我回家了。」杜書綸說得理所當然，大家都知道，他們兩個不僅是青梅竹馬，還是鄰居，一起回家理所當然。

聶泓珈低著頭，望著自己的腳踏車龍頭，點了頭，「嗯。」

「喔，」婁承穎滿臉不高興，「我還以爲你們並不喜歡我邀請你們。」

咦？聶泓珈握著龍頭的手更緊，不是的！她沒那樣想，只是……她確實不適應大聚會，但她沒有討厭被邀請。

「不要太情緒勒索了喔！純粹就是累，而且我們也沒有幫你們餐廳清理的義務，我想想一切合情合理，就先回家了。」杜書綸從袋子裡拿出一個包裝精美的禮物，直接往婁承穎身上塞去，「喏，生日快樂。」

婁承穎手忙腳亂的接住差點落地的禮物，看著逕自往前走的杜書綸，簡直瞠目結舌……是有沒有這麼討人厭的傢伙啊？對啦，同學都沒有幫忙清理的義務，但做人做人——嘖！婁承穎撇過頭去，他突然覺得被杜書綸說中了：他在情勒。

「對不起，照理說要去幫忙的，但是……」聶泓珈支吾其詞，還是沒講原因，只是指指禮物，「那是我跟杜書綸合送的。」

婁承穎抱著禮物，最終還是微笑，「謝謝。」

聶泓珈尷尬的點點頭，突然加快腳步朝前追去，身高號稱一百七的杜書綸，哪比得上她近一百八十公分的腿長，沒兩步就追上了！

「杜書綸，你說話喔……」一逮到人，聶泓珈就開始碎唸了。

婁承穎遠遠看著他們聊天的模樣，珈珈跟杜書綸在一起時非常自然，既不尷尬也不逃避，青梅竹馬真的是不一樣的存在啊。

才在沉思，肩膀突地一沉，一顆頭就這樣架在他肩上，「看什麼？」

「喂！」婁承穎撇頭翻白眼，「張國恩，很重！」

「你擋路了！」左邊走來的是李百欣，「卡在……唷，還有禮物啊！」

「嗯，聶泓珈跟杜書綸合送的！」婁承穎還是很珍惜的。

「聶泓珈？在哪？」李百欣立刻尋人，周末大家回去打掃完，才發現他們居然跑了，連生日宴會都沒參加，傳訊還不回哩！

「別去講啊，李百欣！剛剛我才被杜書綸嗆，說他們累了才先回去，而且並沒有幫我整理餐廳的義務。」婁承穎先阻止，「妳別去說些有的沒的。」

李百欣跟張國恩一左一右瞠目結舌，這話說得有夠直白，但……在理啊！那晚是他們自願去協助的，事實上餐廳的殘局本來就該是店員負責。

「我怎麼聽起來覺得渾身不舒服啊？」張國恩嚷嚷著，「好像我們去幫你的是……」

「幫忙是情份，沒幫是本份，那不是義務啊！」婁承穎無奈的笑笑，「因爲是事實，聽起來格外刺耳吧。」

「有夠不懂人情事故的，講話也太難聽了！」李百欣可不以爲然，「我還是要講！」

她絲毫不顧婁承穎勸阻，立刻小跑步的追上前，她一走，張國恩自然跟在身後……嗯，這是另一對青梅竹馬，也是從小一起長大的！張國恩可是挺有名的體育健將，可望成爲國手，但他卻爲了李百欣，留在了S區，不前往首都那些朝他拋來橄欖枝的體育明星高中。

婁承穎只是笑笑，杜書綸那麼聰明，怎麼可能不懂人情事故？他只是不想用在他們身上罷了。

眞的是，很惹人厭的傢伙。

一票人從腳踏車棚爭執到教室，一路上李百欣各種質問，杜書綸兵來將擋，有問有答的惹得她直跳腳，理都站不住，只能用情壓，於是輕易的回到杜書綸說的：情勒。

聶泓珈默默的走在前面，這種爭吵她無能爲力，而且爲這種事吵也太不值了吧！

「妳沒來婁承穎很失望耶！」冷不防的，李百欣跑到她身邊唸著，「而且不一起慶祝，眞的差那麼一點意思。」

聶泓珈微微僵住，不知道說什麼時，不說就好了。

「妳喔，一直跟杜書綸在一起，會交不到朋友的。」李百欣邊說，回頭努嘴。

呃，聶泓珈有點無力，她一開學就說了，她希望當邊緣人啊！她沒有想跟誰交朋友的意思，有書綸在，她反而更安心……嗯，應該。

「剛剛給他禮物了。」她顧左右而言他。

「意義不同啦，算了，再說下去好像是我們逼妳一定要幹嘛似的！」李百欣明媚的看著她，「不過那天妳對付那個死胖子時，很帥！謝了！」

突如其來的讚美讓聶泓珈一陣錯愕，尷尬的笑了笑。

「妳也很厲害。」她可沒忘記，李百欣在那邊又組織又吆喝的，非常強悍啊，「我之前都不知道妳正義感這麼強。」

「我一直都是這樣的人啊，只是因爲才開學不久，妳不瞭解我啦！」李百欣聳了聳肩，「我就是對很多事看不下去。」

「百欣一直是這樣的，俠女！」張國恩也追上，讚美著他的百欣，「那天的事情眞的太扯，連我都受不了！」

嗯……聶泓珈看著張國恩，認眞的說，張國恩是衝動不經大腦的，太多事他都是受不了的。

「正義感這麼強……好嗎？」她幽幽的說著，聲音小到更似自言自語。

李百欣還是聽見了，她狐疑的轉圜餘地，「不好嗎？」

不好。

距離教室只剩幾公尺，聶泓珈停了下來，她抬首看向李百欣，突然的嚴肅反而讓李百欣不對勁。

做人有正義感，下場會很慘的。

不如不看不聽不聞，不只是自己的角度，最好讓別人也看不見自己，更棒。

聶泓珈看似張口欲言，但最後她垂下眼眸別過頭，始終保持一定距離的杜書綸這才大步上前，撞開張國恩，同時勾過了聶泓珈的手，拉著她往教室裡去。

剛剛珈珈願意聊天，就讓她聊，而她現在不想再說話了，他就要把她帶離現場。

李百欣跟張國恩兩個人呆呆的站在原地，丈二金剛摸不著頭腦，「喂！搞什麼啊！」

學生們陸續的進教室準備早自習，六班最為熱鬧，因為吃到飽餐廳的事件上了當地新聞網，他們全班都紅了，沒去的同學紛紛想知道當天詳情，婁承穎一時間變成矚目焦點。

而坐在他正後方的聶泓珈就難受了，目光雖然是投向婁承穎的，但她也會受到池魚之殃啊！

「那個胖子在我們這裡很有名啊，S區最胖的人！我記得他才國二耶！」

「輟學了吧！好像沒唸了！」

「凶得跟什麼似的，霸道得要命！」

「你們要是看到他媽就知道了，那種人絕對是被養成的啦！」

「我聽說他們也很愛告人，大概是很缺錢買食物吧？」

「拜託！他那是吃飯嗎？那是養豬吧！哈哈哈！」

班上討論得熱鬧滾滾，甚至其他班的也都過來湊熱鬧，杜書綸覺得有趣的看著這熱潮，很難想像上一週大家才因爲死亡事故低氣壓呢！人類果然非常容易遺忘。

鐘聲響起，導師一走進班級臉色就不太好，大家呈鳥獸散的趕緊坐回位子，果不其然……被講了好一頓！

週末去生日會的人全體起立，被老師教訓了一番，不該起爭執、不該動手，動手就輸了，給了對方說嘴的機會，現在如果洪媽媽提告，大家都沒好日子過。

「是他先動手的！」周凱婷不高興的舉手，「難道我們要挨打嗎？」

「對啊，我們可以不先動手，但不能叫我們不還手吧？」

「而且老師，他插隊耶！」

張導師萬分無奈，「我意思是，或許可以找個最和平的方式！沒必要起爭執，你們想想，我們班在場二十幾個，他們呢？一對可憐的母子？搞得活像我們在欺負他們！」

「老師！妳這樣說不對吧！他插隊、我們請他排隊，對方就又鬧又叫，媽媽也不勸阻，搞到連店員都沒辦法了，這樣怎麼和平解決？」李百欣不高興的也站起來，「難道要我們忍讓才叫好辦法嗎？」

杜書綸托著腮，朝身邊的聶泓珈一瞥：鄉愿。

噓！聶泓珈擠眉弄眼的，他就別火上加油了。

「插一下隊又怎麼了？我意思是不要吵架、不要打架，或是大家可以讓開，而不是打群架！」班上其他同學忍不住出聲，「現在才開學三個月，我們班就發生多少事了，你們可不可以安份點！」

出聲的是沈柏儒，他其實非常煩躁！

他們現在才高一，九月開學到現在，就已經三起大案子，現在連去慶生都能鬧出地方新聞，他覺得上學好累啊。

「對啊，我覺得我們班事情夠多了，大家能不能消停一會兒？」另一個學生也開口，「我老覺得在班上上學好累，不知道每天會發生什麼事！動不動就有記者來採訪！」

「能發生什麼事？你們那天不是就坐在那邊吃飯，我們也沒說不能當旁觀者，但你們也別管我們啊！」李百欣犀利的反駁，這幾個就是班上另一票成績極好的傢伙，當天坐在一旁看戲，他們也沒說什麼啊！

聶泓珈看著沈柏儒，他就是當天希望書綸被打的人之一。

「大家都是一個班的，大事可以化——」

啪啪啪！

「好了！」導師用力回身拍了拍黑板，阻止可能展開的爭吵，「都給我坐下！」

班上氣氛緊繃，同學的眼神都還帶著怒意，不得已的坐下，其實兩派各自心裡都有不滿，一派厭惡冷眼旁觀者、另一派覺得自己被拖下水，幫同學慶生還搞得去警局，雙方各自都有不滿。

但是，這些都不是老師最關心的事。

「今天有兩件重要的事情要跟大家說，第一件事，絕對不要去嘗試毒品。」張導師嚴肅的看著全班三十餘人，「你們現在正值好奇的年紀，對什麼都無比好奇，但毒品絕對不能碰！」

無緣無故的，老師怎麼突然提起毒品？學生們紛紛交換眼神，最近又有發生什麼事嗎？

「現在有一種新型毒品非常泛濫，可能很多人會告訴你，那不會成癮，但、是——那都是未經證實的！」

喔喔，杜書綸立即明白導師在說什麼了，轉頭朝著聶泓珈低語，「紫貝。」

前兩天他們還在聊，因爲杜書綸打遊戲時同組的人提到了這種毒品，說會使人專注度變高，他短時間內升級跟那種毒品有關，而且他並沒有上癮。

當然，可能只是比較慢上癮而已，畢竟毒品就是毒品。

「杜書綸！」張導師一眼就看見他在竊竊私語，她在說重要事情時，他在閒聊什麼？「我在講事情你在聊天嗎？」

杜書綸立即站起，特別禮貌的望著導師，幹嘛找他出氣？

「我在說，這種毒品叫紫貝。」他直接向同學科普了這種毒品的名字。

張導師一口氣差點上不來！瞪圓雙眼不可思議的看著杜書綸，他居然講出毒品名！她都快氣到吐血了！

「你……」現在叫他閉嘴已經來不及了！「你為什麼會知道？你有接觸嗎？」

「跟老師說的一樣，最近非常多，許多人都在社群裡販售，管道很多的！」杜書綸大方的侃侃而談，「它會廣泛流傳是有原因的，因為眞的很便宜，一包才——」

「杜書綸！」張導師趕緊喊停，「不許再講了！」

嗯哼，杜書綸調皮的做了一個拉起拉鍊的動作，衝著導師笑出一種：誰叫妳要招惹我的神情。

張導師強忍著怒意，要他坐下，左手邊的聶泓珈托著腮無力的望著他，她當然知道書綸是故意整老師的，老師就怕大家知道毒品的資訊，結果他來個當場科普。

「不管怎樣，都不要碰，不會成癮也是騙人的，因為現在已經出現疑似因這個毒品發生的……案件。」張導師調整情緒後，繼續說明，「我們學校的學生家裡出事了，父母被殺，懷疑可能是有人吸毒後，神智不清而做案！」

一時間班上即刻議論紛紛，昨天有人看到說有命案，但很快就被刪掉了，居然是他們學校的喔？

「安靜、安靜！」張導師又拍了掌，「現在該名學生失蹤，警方正在全力尋找，如果你們有人知道線索，就來找我。」

張導師一邊說，一邊在電腦上叫出那張照片，投影到了前方的白幕上。

「啊！是二年級的白學長！」

「咦？我有聽說他上週就沒有來學校了！」

班上熱烈的討論起來，聶泓珈感到很意外居然不少人認識失蹤的學長！她仔細端詳照片上的人，方型臉，雙眼細小看起來有點無神，戴著方框眼鏡，頭髮有點亂，長相普通，她完全沒印象啊！

她伸手點了點前面的婁承穎。

「那誰？」

聶泓珈難得有事找他，婁承穎可開心了，眉眼間都是笑意，興奮的回頭，「白松齊學長啊！他也是有名的資優生啊，我們區內好多獎學金都是他拿的！他也是S高的指標之一喔！」

第一學府的資優生，大家眞的都超級注意成績好的人哪……聶泓珈對這點是無感的，就像一開學就報復性自殺的吳茹茵，入學前就名聞遐邇，因爲是某知名補習班的看板人物。

她下意識朝右方的杜書綸看了一眼，唉，大概因爲她從小跟天才一起長大，所以不太會去注意其他成績好的人。畢竟，書綸早就已經可以進大學了，只是他不願意而已，選擇了自學。

他這個月在唸核理論，複雜得很。

「白同學的家人慘遭不幸，警方正在追查，偏偏白同學下落不明，大家都在盡力找他。這邊也希望大家可以注意安全。」張導師嘆了口氣，「第三件事，曹觀柏同學的告別式會在明晚舉行，學校採自由模式，想去致意的人自行前往。」

喉間一股灼燒感，聶泓珈下意識按住自己的胸前，上週那場火災至今還讓她後怕。

一班的同學們一一被火燒死，她跟杜書綸也差點被捲入，背後起因是惡鬼的滔天怒火與惡魔的助長，雖說他們最後及時逃過，但是他們雙雙都被嗆傷，最後想幫的人卻沒幫到。

曹觀柏，一班學生，一個在班上被霸凌、排擠，在家裡也被無視的同學。

唐大姐說曹觀柏是自殺的，他自願讓暴虐的惡鬼殺掉，因爲「他的家人並不喜歡他的存在」。

沒有人愛的話，活著做什麼呢？

「我們一起去。」杜書綸小小聲的說著。

她點點頭，她的確是想去的，她想去告訴曹觀柏，希望他下輩子能有重視他的父母，不要再活得那麼痛苦了。

其實他的父母並非不愛他，只是方法錯誤了，只會用打壓與嘲諷對待，久而久之他喪失了所有自信，甚至展開了自我厭惡；他召喚惡魔，希望殺掉那些霸凌他的人，最後還賠上了自己。

早自習開始，大家紛紛唸自己的書，坐在靠窗邊的聶泓珈默默吃著早餐，但窗外飛進來的蒼蠅又開始讓她緊張，她沒忘記昨晚那個拼成人形的蒼蠅，那不是錯覺，直叫她心慌。

走開！她揮著手，那蒼蠅因著她的揮動而飛舞，然後繞出去……聶泓珈抓緊機會拍的關上窗戶，一轉頭卻陡然一僵。

她身旁的窗戶上……覆滿了整片的蒼蠅……

婁承穎因著她的動作跟著朝旁看去，他身邊的窗戶竟也停著大量的蒼蠅！

「好噁心喔！」

蒼蠅越來越多，不知道從哪裡飛來，在玻璃窗上停下，他們靠窗這排的學生紛紛緊張的把窗子關上，聶泓珈都跳上桌子，將氣窗也緊緊關閉。

沒幾分鐘，他們的窗戶外竟都被蒼蠅蓋滿了。

「好噁心喔！怎麼會有這麼多蒼蠅？」

「這好像電視劇裡演的蝗災喔！」

站在桌上的聶泓珈看著這片蒼蠅，突然想到了什麼，低首朝婁承穎問去，「婁承穎，你們那天回餐廳收拾東西，有看到蒼蠅嗎？」

「嗄？蒼蠅？沒有啊！」婁承穎堅決搖頭，「我們都清掃得很乾淨，還有用消毒水，廚餘桶擺在外面，是絕對不可能會有蒼蠅的！」

杜書綸莞爾，沒人在問他餐廳的衛生狀況啦！他拉拉聶泓珈的褲子，「下來了。」

聶泓珈趕緊跳下，但這面窗戶關起來，也防礙不了蒼蠅從別的地方進來，靠走廊的窗子門戶大開，不管怎樣，各班的門也都是開啓的啊！

「哎呀！好噁！哪來那麼多蒼蠅！」

「吵死了！」

同學們或驚叫或跳起，驅趕著飛進來的蒼蠅。

「要跟我說了嗎？」杜書綸定定的望著聶泓珈，他知道她有事沒說。

「我……昨天我們離開餐廳時，我看見一大堆蒼蠅飛進去……」她暗暗指了婁承穎，意思是飛進吃到飽餐廳，「然後昨天晚上，我還看到那些蒼蠅……拼成一個人的樣子。」

杜書綸一時沒抓準文字，嗄了一聲：「什麼？」

「拼成一個人的形狀，3D。」聶泓珈指了指自己，「就像一個人站在路燈下，然後……跟著洪家母子他們走了。」

杜書綸挑高了眉，腦子飛快運轉，旋即又幾陣咳嗽，趕緊拿起溫水灌下，上週的濃煙嗆傷，他跟珈珈都沒好透，一激動就想咳了。

事情不是才剛結束嗎？

「我們今天放學去廟裡拜拜吧。」杜書綸認眞的低語。

聶泓珈緊張的蹙起眉心，「這應該跟我們……沒關係吧？」

「嗯，開學以來，妳覺得哪件事眞的跟妳有關係？」杜書綸溫和的堆起微笑。

唉，聶泓珈哀莫大於心死的點了點頭，去！去！她不僅想去廟裡拜拜，還想去改運了！

男孩走在路上，有點不安的左顧右盼，很怕有人留意到他，只能低著頭快步往前走。

這裡是學校附近的住宅區，這一帶代都是五十年以上的老房子，樓層不高，巷子極多，九彎十八拐的，相當僻靜，但也不乏一些廢棄無人居住的屋子，那兒就是「祕密地點」。

看著手機傳來的訊息，他心裡其實很狐疑，因為對方是上午導師才宣布那個失蹤的學弟白松齊！學校裡知道那個人的人不少，但說白了他的死活他們不是那麼在意，就跟一年級之前那個跳樓上吊兩不誤的女生，或是一班那堆８＋９。

他對白松齊會在意，當然是因為沒有他，就沒藥了啊！

不知道拐了幾個彎，總算來到老地方，這是間兩樓平房，早就沒人住了，沒有院子，門口向著巷道，上頭有幾重大鎖，但是——從旁邊那個等人寬的窄小的防火巷進入，直到屋子牆上某個小洞，就能讓一個人鑽進去。

屋子裡當然是各種植物昆蟲天堂，髒亂昏暗，但卻不得不說，那是個絕佳的祕密基地。

嗡嗡……一鑽進屋，迎面就是一堆蒼蠅飛舞，男孩厭惡的揮掉，縮著頸子到處躲閃，順便打開手電筒查看是有什麼東西壞掉嗎？平常最多就是蚊子多，不會有蒼蠅的啊，這兒到處都是蜘蛛網居然沒捕獵？

順便抬頭看，這才發現屋子那些巨型蛛網怎麼少了很多！是因為這樣蒼蠅才肆虐嗎？

屋內現在靠著外頭的天色還勉強能看清，男孩走到一旁的地上，拖過角落的箱子，拿出一根蠟燭點上。

這是暗號也是照明，只要抵達的人就點燃蠟燭，擱到客廳地上，總說這樣就知道有人來了！因為訊息會有證據，所以大家買藥都非常準時、隱密，遵守著時間。

他們都無法直接聯繫源頭，S中的供藥商就是白松齊。

端著蠟燭放下，抬起頭時卻直接被角落一個人影嚇得差點叫出聲——哇！他雙手緊緊掩住嘴，制止自己叫出聲音來，這間屋子左右對面都還有鄰居，不能被發現的！

人影是站在樓梯下的，在暗處偷窺他！

「你幹嘛？嚇死我了！」他用氣音不爽的說著，「你到了好歹出點聲啊！」

羅鴻恭緊握著雙拳，氣得臉都漲紅了。

但是，對方沒有回應。

羅鴻恭也覺得奇怪，再往樓梯下瞥了一眼，「白，不要鬧喔！快點把『咖啡』給我，我還要去補習。」

人影往前傾了幾度，但依然不作聲，這讓羅鴻恭不太高興了，大步的朝樓梯下走去，「白！」

隨著他的移動帶起了風，逼近樓梯下方時，瞬間爆發了嗡嗡作響的振翅聲——嗡嗡嗡翁嗡！一大片蒼蠅朝著他撲過來，羅鴻恭嚇得掩住嘴，連連踉蹌，結果左腳絆右腳，狼狽得直接摔倒在地。

哎……哎唷！他雙手朝著空中亂揮亂打，蒼蠅還在那兒嗡嗡嗡。

「沒事吧？」有點童稚的聲音傳來，他的正上方竟出現了一個男孩！

咦？羅鴻恭下意識遮住自己的臉，爲什麼會有其他外人出現？他不認識這個正太啊！

正太朝他伸出手，但羅鴻恭抗拒的躲閃，自己站了起來，恐慌般的看著不速之客。

男孩看起來還是個小學生吧！一臉稚嫩且長得非常可愛，聲音也還沒變聲，一頭蓬鬆的微捲髮，穿著藍紫條紋相間的T恤。

「你怎麼進來的？」羅鴻恭不解的是這個，這間屋子的入口就只有那個牆洞而已，「什麼時候來的？」

「就剛剛而已！」正太說道，指向客廳右邊的那個洞。

羅鴻恭緊張的與他保持距離，還刻意繞過他朝著角落的樓梯看去，樓下已經沒有什麼人影……剛剛那個像人形的東西，是蒼蠅？蒼蠅？

「要多少？」正太突然問著，直接從口袋裡拿出了即溶咖啡包。

什麼！羅鴻恭瞠目結舌，他立刻衝向正太，伸手就要奪下咖啡包時，正太更快的收起。

「錢啊！大哥哥，還沒付錢呢。」正太一臉無邪。

羅鴻恭望著閃開的男孩，腦子是有點亂的，「……你是誰？白讓你來送貨的？他人呢？」

「你在乎藥還是人啊？交貨的人是誰你何必在乎！快點喔，等等還有別人會來買咖啡，你不想被看見吧？」正太歪了頭。

「我要五包。」羅鴻恭趕緊掏錢付款，正太也遞給他五包。

「短期間不要吃太多喔……這種東西終究對身體不好。」正太交貨時語重心長的提醒著，「你們其實並不需要這個的。」

「誰說不需要！杜書綸來了之後，大家都需要！」羅鴻恭氣忿的奪下了那五包咖啡包，卸下背包，好好藏進去，「一個天才，跑到普通高中跟我們擠什麼名額……啊！」

他一邊將毒品藏到背包的暗袋，同時仰頭看向正太，「白松齊是不是吃出什麼事了？」

「嗯？」正太微笑，可愛的裝傻。

「他爸媽慘死，他人卻失蹤，結果是你來供藥……」羅鴻恭越想越不對，「而且你怎麼有他的手機？」

正太從口袋裡拿出手機晃了晃，「這叫……業務交接。」

「所以他出事了！為什麼？」羅鴻恭緊張的揹起背包，「不是說不會上癮嗎？」

「如果不會上癮的話，你幹嘛一直買？還買得這麼急？」

「我沒有上癮！沒有吃的時候不會想，但我是……我必須提高專注力，才能唸下更多書——你不知道有個該死的天才跑到……嘖，跟你說這麼多沒用！」羅鴻恭斂緊下顎，「我們都還不是最糟的，那些靠著獎學金生活的人，應該都快吐血了！」

杜書綸，整個S區早就知道的天才，國中就能念大學的傢伙卻不上學，選擇自學，發表論文期刊，這樣的人很棒，他們很羨慕，畢竟是不同世界的人，也沒什麼交集——可是，他突然回到了一般就學管道，而且還「依年紀」入學！

說不定都能博士畢業的人跑來唸高中，對他們進行降維打擊？不要猜都知道，這個學期結束時，校內的、區內的、甚至國家獎學金，絕對全部都是他的了！

這不公平！

「杜書綸……」正太翻找著手機，他以爲是買家。

「不必看了，那種怪物不會買藥的，說不定他自己就會做。」羅鴻恭匆匆朝外走去，「放心好了，最近有很多獎學金申請要開始，絕對很多人會找你買藥的，你等著看吧！」

語畢，他就要爬著離開牆洞，牆洞邊緣也停了不少蒼蠅，儘管他一逼近就飛走，但還是覺得最近的蒼蠅也太多了！

「啊對了！」羅鴻恭臨爬出去前，他回頭問向正太，「白還活著嗎？」

正太用清澈的雙眼望著他，聳了聳肩。

不說就算了。羅鴻恭在心裡嘟囔著，匆匆的爬出牆洞之外，仔細想想，跟白松齊也算是競爭關係，雖說不同年級，但有些是不限年級的最優等獎學金，白松齊是很強的對手，這樣子少了一個競爭者，也不錯。

羅鴻恭緊緊拉著背包，他需要「紫貝」，因爲那可以讓他專注度加倍提高，而且不會疲累，如此他便可以在更短的時間內、唸更多的書，而且全部記住。

他決定每天少睡一小時、早起半小時，他就不信這樣努力，還能輸那個杜書綸！

天才又怎樣！沒聽過勤能補拙嗎！

羅鴻恭從窄小的巷子裡出來後，即刻右拐邁開步伐奔跑，他還得去補習班呢，眞的被拖到時間了啦！

但是他沒有看到，在往左邊約莫距離一公尺遠的另一條巷口，有個人正緊張的躲著。

確定足音遠去，他才探頭打量，然後走向了羅鴻恭剛鑽出來的窄小防火巷。高瘦的男孩探頭往旁邊那個窄小的巷子鑽，與其說這是防火巷，不如只是沒跟隔壁黏在一起的屋子罷了。

像他這種身材，要鑽進去似乎也有點困難……只是他不懂，三年級社團的羅學長，為什麼會跑到這裡來？人類好奇心永遠難以止息，他發現學長偷偷摸摸的把車子停在隱祕處後，行跡鬼祟的跑進巷弄裡，這裡離學校這麼近，不是學長會去的地方……害得他也把腳踏車一扔，偷偷跟了過來。

越跟越可疑，羅學長眞的非常謹愼，到了這間廢棄屋前還遲疑了許久，所以他乾脆繞一大圈，從其他巷子潛回時，卻失去了學長的身影——直到聽見了說話聲。

看著巷子幾秒，他還是深吸了一口氣，把背包取下，這樣的寬度他連正著走都不行，只能側著身，像螃蟹一樣往裡走去，一步……兩步、三——

「爲什麼不能一次賣我五包？」

聲音陡然從屋內傳出，他嚇得停下了腳步，雙手貼著斑駁的水泥牆，不敢動彈。

「不能一次吃這麼多，一次吸食十克就夠了，也說過一週內不能超過三十克！你一次要這麼多做什麼？」另一個聲音聽上去卻很稚氣。

「我不想動不動就來買，一次給我不行嗎？這又不會上癮！」

「誰說不會上癮的，這是毒品啊，大哥哥。」

毒品？

他嚥了口口水，下意識的往外移動了。

「不會啊，我吃這麼久了，都沒——啊！我聽說姓白的失蹤了，難道他是上癮出事了嗎？」

「我不知道！喏，三包。」

「給我五包！你這小子——給我——喂！」

「不夠再買！你們都很奇怪，嘴上說不會上癮，你們卻人人都要！」

「我要用這個來提高專注力，增加學習效果啊！你以為天才這麼好超越喔！」

塞在縫裡的男孩忍不住停了下來，這咆哮聲發自內心，又無奈、又痛苦，而他印象中能稱之爲天才的，只怕……

「剛剛也有一個大哥哥提到，叫什麼……讀書人？」

「對！天才擠進我們正常體系做什麼！這根本是擠壓我們！煩死！三包就三

包，錢拿去！」

聽著交易即將完成，男孩趕緊加速移出那羊腸小道，聽腳步聲多怕對方突然衝出來，抓他個正著！

「大哥哥，獎學金對你很重要是嗎？如果你很缺錢的話，是不是就不要再買──」

「你不懂！不是錢的問題！」

這聲呼喚拖住了幾秒，而恰是這幾秒，讓他得以及時從小徑中脫身，直接左拐往前狂奔，朝最近的一條巷子鑽進去。

他緊張的聽著腳步聲，直到開始變成奔跑遠離後才敢探頭，詫異的發現那是T中的制服，別的學校的學生也在意杜書綸？

他們在這裡交易毒品嗎？為什麼還提到了白學長？這到底是怎麼回事？

「嘿！婁……同學！婁承穎──」

遠處的叫聲，嚇得婁承穎跳了起來，他猛然回頭，才發現他躲進的這條巷子另一頭，剛好是馬路。

腳踏車上的女孩穿著超級無敵短的裙子，露出白皙大長腿，正衝著他露出最甜美的笑容，「嗨！」

冷汗溼了他的後背，婁承穎幾分錯愕，她又穿得……讓他不知道該往哪兒看了！他快步朝馬路的巷口走去，努力回想她的名字：「陳詠歆？」

「好開心喔！你還記得我名字啊！」她把斜揹的名牌包挪到腿上，「上車，去哪我送你。」

「呃，不必吧，我自己回家就可以了……」

「有沒有時間？」她眨著長長睫毛的雙眼，「我們去吃冰吧！」

第四章

災厄纏身

照著廟方人員的指示，杜書綸拿著香到一旁去點火，六支長香燃起後，他謹慎的分了三支給一旁的聶泓珈。

他們虔誠的走到外頭，先對著天公爐拜著，只希望生活順利安康，不要再遇到什麼鬼啊惡魔那些東西了！

聶泓珈捧著香，腰都彎九十度了，遲遲沒有起身。

有些信眾多看了幾眼，想著那孩子或許遇上了困難，得好好跟神明說一說吧。終於起身的聶泓珈眼神有點渙散，看著眼前的天公爐，輕嘆了一口氣。

「沒事的。」杜書綸只能這樣安慰她，「我們不就是來求平安的。」

聶泓珈點點頭，將香插進爐子裡，杜書綸跟著插香，卻發現他的香燒得疾速，幾乎已經燒掉了一半；他若有所思，但不想讓聶泓珈擔心，拉著她再趕緊到正殿去。

再次舉起香，杜書綸才準備在心裡默禱——啪，香斷了！

他及時用指頭護住斷香，趕緊看向身邊的聶泓珈，她正闔眼敬禱，幸好她沒有看見！他飛快把斷香扔進爐子裡，想裝作什麼事都沒有時，眼神卻對上了在前方神桌邊的廟祝。

明明不是做壞事，香也不是他弄斷的，可是杜書綸望著那男人，卻緊張的冒著冷汗。

男人穿著廟裡的T恤，緊緊皺著眉，朝他招了手。

杜書綸緊張的抽了口氣，繃緊身子看向仍在祈禱的聶泓珈，還是硬著頭皮走了過去。

「我不是故意……」

「你不好喔！」廟祝大叔劈頭就說，「有東西纏著你！」

杜書綸一時都還沒意會過來，「嗄？」

「你惹到什麼了膩？不乾淨啊！」大叔直接朝他腦門敲了敲，「這裡，全黑的！」

咦咦？杜書綸趕緊用手抹著額頭，哪有黑！他離校前才去上廁所的，這張氣質少年的臉龐可是白白淨淨……

「我剛那就是……」

「香不會無緣無故斷掉的。」廟祝嚴肅的再度打量他，還伴隨著嘆氣，唉。

大叔！不要嘆氣啊！杜書綸心頭一緊，此時聶泓珈已經察覺到他消失，迅速找到了他。

「怎麼了嗎？」她一下就察覺氣氛不對。

「同學喔？有東西纏上他了，身上都是邪氣，連香都斷。」廟祝轉身往更角落去，不想影響其他信眾，「想一想最近有沒有去不該去的地方？碰到別人的墳？還是遇過好兄弟？」

呃，那可多了。

杜書綸嚥了口口水，眞的要討論阿飄從何說起啊？從珈珈他們班上吊跳樓的那個優等生開始講？還是咆哮屋裡那過往的怨魂？總不會是一班被燒死的那些同學吧？

「那我呢？」聶泓珈緊張的問，「我也有嗎？」

廟祝意味深長的看了他們，又是一聲長嘆。

「你別再嘆氣了啊，叔！」杜書綸焦急的問，「我們就是有事才來求的，本來想拜完再來求護身符的，可是……」

第一支香疾速燒完，第二支都還沒開始就斷了，這哪還拜得下去？

唐姐他們之前就說過叫他們記得去廟裡拜一下，淨化淨化，只是沒有信仰的他們沒事實在不會跑廟啊！

「是不是因爲最近……」聶泓珈也已經想到，開學以來，他們豈止撞鬼，連惡魔都碰上了。

「普通護身符沒用的，來！」廟祝引他們到廟後方的房間，「你們這個不只要祭解，還得貼符，連護身符也要特別的！」

兩個高中生憂心忡忡的跟著往廟深處走去，內心極度不安。

「我想要那種……能不讓好兄弟找上門的！」聶泓珈眞誠的希望，因爲她是比較敏感的人，就算不招惹，也常會見鬼。

「先把我們身上的穢氣去掉吧！」杜書綸想到就頭疼。

兩個人進入一間焚香的房裡，聞到那香味身體頓時舒適許多，房裡有個師父，一見到他們神色便異常，臉色比廟祝還難看；接著師父燃香遞來，讓他們向神明祈禱，接著又燃符紙淨化，還領著他們唸了幾段經文。

領到符咒、護身符、佛珠及使用方法，待他們離開廟時，已經是晚上八點了。

「我會被罵死吧？」騎車騎到一半，聶泓珈才突然衝口而，「這些要一萬多塊啊！」

她用行動支付，就這麼嗶過去了！爸爸見到不吐血才怪！

「跟叔叔說啊，我們最近遇到的事這麼多，這算是……安全費？」杜書綸比較不擔心，他零用錢充足，而且他還有個很會賺錢的姐姐。

「哎唷，我覺得我會被罵慘！」聶泓珈開始覺得爸爸比阿飄可怕了，「你不知道前幾天餐廳發生的事情，我又被唸了一頓！」

杜書綸一驚，「爲什麼？因爲妳幫我嗎？」

聶泓珈沒回答，但沒回應就代表了答案，因爲她擋下了洪偉邦的拳頭，還在他最使勁時鬆手，聶爸爸一定會覺得珈珈動武……可是珈珈沒打人啊，她只是幫他擋了一拳！

「你別去找我爸解釋，講不通的！」在他開口前，聶泓珈就先出聲了，「你又不是不知道，我爸認爲幫助弱小天經地義，仗勢欺人罪該萬死。」

尤其是聶泓珈這種身材高大、體格壯碩，還有沙鍋般大拳頭的人，就該扶弱濟貧、幫助弱勢！

「是啊……他還一直希望妳未來當警察或消防員咧！」

前方紅燈，兩台腳踏車肩併著肩停了下來，聶泓珈抬頭看著那閃亮的紅燈，像血一般閃耀著。

「我幫過了……」聶泓珈幽幽的苦笑，「也幫夠了。」

每當此時，杜書綸都不會多話，每個人的觀念不同、痛苦也不是能比較的，他覺得無所謂的小事，可能就是他人永難忘懷的大事，所以最好的方式是什麼都不說，陪著就好。

『給我……』

咦？杜書綸倏地回頭，剛剛那是什麼？他好像聽見了近在耳邊的聲音。

下一瞬間，令人起雞皮疙瘩的嗡嗡聲再度傳來，他驅趕著蒼蠅，不耐煩的聳著肩膀閃躲。

「最近的蒼蠅也太多了，怎麼到處都是？」他搓搓耳朵，手臂上的雞皮疙瘩顆顆立正。

「我也覺得，有種到處都是的感覺！」聶泓珈看著綠燈亮起，跟杜書綸趕緊往前騎。

而他們不知道的是，有一票數十隻的蒼蠅匯集成一團黑球，就跟在他們身後飛著。

『快點給我……』

杜書綸嚇得握緊了龍頭，他們正在馬路邊上騎車，那聲音近到幾乎像是……坐在他的腳踏車後座上的！

背脊一陣發涼，但杜書綸沒有停下任何動作，而是加速踩著往前衝——嗡嗡嗡嗡，嗡嗡嗡嗡……蒼蠅的振翅聲遠比蚊子來得大聲且惱人，甚至還有種環繞音響的效果！

看著左側的杜書綸超過了自己，聶泓珈狐疑的看著莫名加速的他，同時也瞧見了他背後跟著的一大群蒼蠅！

怎麼這樣！她趕緊追上去，發現那群蒼蠅真的是緊追不捨，到底有什麼東西吸引了牠們嗎？

走開走開！她自然的騰出一隻手想弄散那團蒼蠅。

『給我！』

喝！聲音幾乎是從她腦子裡吼出來的，嚇得聶泓珈好大一跳，她腳踏車因此往旁偏去，幸好她及時扭轉回來，將車子穩住。

一股惡寒跟著竄上，她下意識看向手上的佛珠串，今天買了這麼多東西，感覺眞的是買對了。

他們住的地方是在市郊偏遠處，背靠著國家公園的森林，所以算是偏僻，兩台腳踏車從熱鬧的市區越騎越冷清，轉個彎後進入了極寬大但幾乎沒有人煙的產業道路，一邊是山壁，另一邊是比人還高的大片芒草原，夜涼如水，芒草隨風擺動，淒涼感備增。

就在前不久，那片芒草原還曾經出現過像麥田圈的圖騰，不但是魔法陣圖案，甚至是召喚惡魔的魔法陣……他們現在騎過這片芒草原，都不敢往裡頭看，畢竟在芒草原裡死的人太多了，聶泓珈最怕眼尾一瞥，會看見在擺動芒草裡的亡靈！

他們兩個人同時騎到家，他們「一起長大」不是說著玩的，兩個人眞的就住在隔壁，只有一道矮籬笆相隔，連兩層樓木屋構造都一樣，所以他們不只是鄰居，更是貨眞價實的青梅竹馬。

聶泓珈自幼喪母，父親獨自拉拔她長大，但工作卻需長時間出差，這時杜家夫妻就會熱心看顧聶泓珈，儼然是他們家的女兒了。

「珈珈啊！可算回來了！」聽見聲音的杜家夫妻趕緊推開紗門，在高處小陽台對下方說著，「菜剛熱好，快點過來吃！」

「好！」聶泓珈把車子架在自家庭院裡。

哼，杜書綸停好車後沒好氣的踩上木板階梯，「還看得見你兒子嗎？哈囉！」

「你把珈珈帶到哪裡去了？耗這麼久？」杜父一秒變臉，「都幾點了！」

「就去廟啊！」杜書綸脫了鞋，拖著步伐往裡走去。

隔壁的聶泓珈停好車便過來了，因爲她是單親家庭，爸爸的工作又很常一出差就要數天，所以從小她幾乎都在杜書綸家長大的，吃飯也都是一塊吃，習慣了。

杜媽媽將她迎進家後才關起門，聶泓珈向後瞥去，發現剛剛跟著杜書綸那一團蒼蠅，不知何時都不見了。

因爲杜書綸實在太聰明，杜爸杜媽其實不太擔心他，而唯一的女兒也是過度聰明型的，早早就離家自立，於是單親的聶泓珈就變成他們疼愛的對象。

知道今天晚回家容易被電，所以趕緊跟爸媽交代今天去廟裡的事，他們也不需憂慮，事實上自今年九月起，發生在他們倆身上的事太多了，上週才因嗆傷住院，雙方父母只知道他們攤上了事情，也就是運氣不好，倒是沒想到鬼怪這一層。

但杜家夫妻向來尊重孩子，更別說他們這兩個孩子也不是他們管得動的。

吃飽後聶泓珈負責洗碗，杜書綸在旁邊陪聊，確定了杜爸杜媽在客廳看電視後，她悄聲的問著，「你今天有帶什麼壞掉的食物在身上嗎？」

「嗄？」

「剛剛騎車時，有一整票蒼蠅跟著你。」她肯定的說著，「是一大團，密密麻麻的……」

一瞬間，聶泓珈回想起了那晚在警局樓下，由蒼蠅拼成的人影。

一個寒顫，迫使她鬆了手，碗盤立刻從她手裡滑落！

鏗鏘聲響，杜書綸也來不及接，幸好只是聲音大而已，碗盤都沒破，倒是驚動了杜家父母過來查看，就怕有碎片傷到了聶泓珈。

「手滑而已，手滑！」杜書綸趕緊幫她解釋，但心裡明白才不是這麼簡單的原因。

聶泓珈深深覺得，廟祝他們說得沒錯，有什麼事情發生了！只是他們還不知道而已！

「那些蒼蠅非常有問題，你要小心！」杜書綸陪著她回家時，聶泓珈千交代萬交代，「門窗關好，門縫也要小心，就是蒼蠅能飛進的地方，都——」

「珈珈！珈珈！」杜書綸連忙打斷她，「那只是蒼蠅！我可以用黏蠅板或是……」

「如果不僅僅是蒼蠅這麼簡單呢？你忘了你印堂發黑，被纏上了？」聶泓珈緊張的戳了他的額頭，「有事情不對勁，我說不上來，但你聽我的！」

「信！信！我哪時候不信了！」杜書綸按著藏在上衣裡的護身符，「幸好我們求了護身符了！」

一萬多塊的護身符啊！

兩個人互道晚安，杜書綸習慣看著聶泓珈把前後門都鎖好後，他才跳過矮籬回到自家後院！不經意看向遠方漆黑一片的森林，他們家就是偏僻了些，晚上看起來更加令人不安了。

才要轉身進屋，突然不知道哪兒來的蒼蠅，直接朝著杜書綸圍攻過來！嗡嗡嗡——蒼蠅將杜書綸的頭團團圍住，逼得他掩住雙耳，左甩右甩的趕緊衝上木階梯。

他踩上後陽台時卻不敢貿然進屋，把這些東西帶進屋子裡還得了！

「書綸？」後門邊的廚房裡傳來媽媽的聲音，「在幹嘛？還不進來？」

杜媽媽的聲音一起，蒼蠅齊唰唰地飛離了杜書綸身邊……他嚇得趕緊閃身入屋，扔了句晚安直接衝上二樓，筆直跳上床，把床邊的窗戶關上、鎖緊！

腦裡都快出現回音了，那嗡嗡聲眞的讓人渾身不舒服……更討厭的是，夾雜在嗡嗡聲響裡的聲音：

『給……我……』

「給我！」

洪偉邦坐在床上，朝著洪媽媽伸手，媽媽明明買了炸雞全家餐，卻只給他吃一桶而已。

「小邦，你今天吃夠多了，現在都幾點了，不能再吃了！你不是說要減肥嗎？」洪媽媽憂心忡忡，「你這週量體重了沒？是不是又……」

「好煩喔！雞肉不是可以減肥嗎？我都吃白肉，我怎麼知道沒瘦！而且我好餓！我快餓死了！」洪偉邦又耍起了任性，「快點給我吃！不然我就自己去翻！」

「不可以！」洪媽媽難得硬氣，她已經把炸雞放在冰箱裡，甚至爲了不讓兒子翻冰箱，還買了鐵鍊上了鎖！「你再胖下去會出事的！我們要開始節食，晚上也不能再吃這麼……」

「啊啊啊——我要吃！」

沒等洪媽媽說完，洪偉邦歇斯底里的喊著，移動著自己龐大的身軀，就往房外走去！一到廚房看見上鎖的冰箱，他簡直不可思議，忿忿的回頭大吼：「打開！妳給我打開它！」

「小邦！」

他抓著冰箱把手，瘋也似的搖著冰箱，「打開打開打開！」

洪偉邦不只是胖，力氣的確也很大，發狂般的搖動整台冰箱，但沉重的冰箱並沒有那麼容易能被撼動，所以只是讓他更加抓狂！

「我很餓！妳是打算餓死我嗎？我要吃要吃要吃！」洪偉邦飢渴的往廚房去，他拉開櫃子、打開抽屜，看見泡麵直接就抓出來！

粗暴的撕開泡麵包裝，抓起麵餅當餅乾似的，大口就塞了進去！而且洪偉邦不是那種輕咬兩口的文雅，一整塊麵餅兩秒內全塞進嘴裡，把嘴都塞滿，然後再撕開調味粉包，仰頭張嘴的把粉給倒進去！

「咳……咳咳咳！」

果不其然，幾秒後，他便嗆到開始咳嗽了！

洪媽媽緊張的趕緊衝到旁邊倒了杯溫水，洪偉邦搶過水杯，咕嚕咕嚕的灌了進去！

「慢點吃！慢點吃，你吃得太急了！」洪媽媽安撫著，還溫柔的拍著他的背。

洪偉邦扭動肩膀，直接把洪媽媽甩開，動手拆起下一包泡麵。

「小邦！泡麵不能這樣吃！這要煮的！」洪媽媽慌張的阻止。

洪偉邦又是一把推開了她，滿嘴食物的吼著，「妳煮嗎？妳都把冰箱給我鎖起來了！」

跌坐在地的洪媽媽看著兒子再度撕開下一包泡麵，又是兩三口將整塊麵餅塞入嘴裡，他吃得又急又猛，彷彿眞的是餓了很久似的！

「……你眞的，很餓嗎？」

「餓死了！」他回以吼叫，拆開了第三包泡麵。

心疼感湧上，想到她讓兒子餓到這般發狂，任何外人看見他的吃相，只怕會以爲她這個做媽的虐待了兒子！

可是小邦才十四歲，就已經一百二十公斤了，儘管他有一百八十的身高，這樣的體重還是太超過了！而且他越吃越多，一餐食量驚人以外，幾乎沒要停止的意思，尤其現在臨睡前都得吃上一鍋麵才能止飢。

之前學校老師就說過他必須要減肥，醫生也給了菜單，可是小邦就是要吃，還越吃越多，不給他吃就是歇斯底里、摔東西、找食物，上個月才把門給敲壞，櫃門拆了，就因爲她一餐只讓他吃五碗麵。

還在難受，洪偉邦直接把爐子上的炒菜鍋掀翻在地，駭人的聲響在晚上十一點的大樓裡特別明顯！

「不夠！還有什麼？我要吃！」洪偉邦抓狂大吼，又開始翻找，只要是能吃的，他都想吃！「妳再不給我吃，我就打家暴專線，說妳這老太婆虐待我！」

「小邦！你怎麼能這樣說媽媽？」洪媽媽聽得心寒不已，「我是爲了你好！」

「眞的爲了我好就給我食物！我都快餓死了！」洪偉邦任性的扭動著身軀，「我很難受啊！我太餓了，我覺得我再不吃東西會死掉了！」

優柔寡斷的洪媽媽完全不知道該怎麼辦，看著兒子已經打開糖罐，連糖都拿湯匙往嘴裡塞，她嚇得趕緊往前阻止

「別吃！別這樣吃糖！」洪媽媽衝上前壓下他的手，「我拿炸雞給你吃！別吃糖了！」

洪偉邦立刻停下吃糖，感動的看著洪媽媽，「眞的喔！給我炸雞！」

「給你……給你，但答應媽媽，吃一桶就好，好不好？」洪媽媽還在跟孩子交換條件。

洪偉邦還在猶豫，十桶他都吃得下的，「好吧！」

爲了不讓媽媽難過，他吃到就好了，沒關係！大不了等媽媽睡著後……他可以再跑出來，把剩下的炸雞吃光光，嘿嘿。

洪媽媽解開了冰箱鎖，洪偉邦拼命嚥著口水，看著從冰箱裡拿出的炸雞桶，

雙眼熠熠有光，他挪到餐桌邊吃力的坐下，伸手就要接過炸雞桶。

「媽媽先幫你熱一下，不然不好吃。」洪媽媽依舊溺愛，把炸雞放入氣炸鍋裡。

爲了吃酥脆的炸雞，洪偉邦強迫自己等待。

「……小邦，你眞的要減肥！不要嫌媽媽囉嗦，你要想一想，你吃這麼多，我們家哪有這麼多錢可以讓你這樣吃？」洪媽媽語重心長的看著他，「我一個月才三萬多，我們要生活、要繳房租、你要上學……」

「不然不要上學了，反正上學也沒用，又累！」洪偉邦打斷了洪媽媽，「我只是走路就好累喔，我又討厭唸書，就讓我待在家吧！」

「你在說什麼啊？你才十四歲，現在是義務教育……」

「他們都叫我肥豬！」洪偉邦低吼出聲，「我連去上廁所都很累，又不能上體育課，上課也不能偷吃東西，大家還都嘲笑我，那種地方爲什麼我要去？」

洪媽媽語塞，她不是傻子，當然知道兒子體型如此多少會被嘲笑，可是……他那個樣子，誰會對他正常看待？

她自責的擺放炸雞，而洪偉邦實在忍不住，迅速從炸雞桶裡拿出一塊冷掉的炸雞，狼吞虎嚥的吞了下去。

而裡頭突然飛出一隻蒼蠅，他絲毫不在意。

「唉，就算不去上學，也禁不起你這樣吃。」

洪偉邦不想理這件事情，他才十四歲，怎麼養家跟養他是媽媽該去想的，不是他。

他只知道飢腸轆轆，空氣中飄散出炸雞的氣味，冷掉的炸雞眞的不好吃，所以他不再拿桶子裡的冷炸雞，而是雙眼緊盯著氣炸鍋，直到洪媽媽把熱好的炸雞擺到他面前後，他再迫不及待的抓起來啃。

他的人生目標就是吃！唸書工作都太無趣了，沒有任何事情比吃更重要的！吃就能讓人感到幸福跟滿足，學校那些唸書唸得要死的人、開口閉口都是工作的人，哪個人不是爲了活？而要活，首要是吃啊！

他才不想經歷那些麻煩的事，他只要負責吃就好了！天底下好吃的東西這麼多，花時間在別的地方太蠢了！

洪偉邦狼吞虎嚥的，一手一塊炸雞，吃得滿嘴流油，洪媽媽在一旁只是更加擔憂，按照小邦這種吃法吃下去，他不出一個月只怕又要多十公斤了……他才十四歲，她不想孩子生病啊。

「媽媽沒錢了……」洪媽媽痛苦的說道，「這些炸雞吃完後，我們每天只能吃泡麵了！」

洪偉邦一怔，「不行啦！這樣怎麼辦？吃泡麵可以，但是我要吃很多很多！

妳、妳可以去借錢啊！」

「能借的都借了，爲什麼別人要借錢給我們？而且借的錢媽媽根本沒法還！」

「不是可以什麼刷卡？還有……」洪偉邦焦急的想著，「那個餐廳，對！我們還沒告那個吃到飽餐廳對吧？」

一直以來，這都是他們的技倆：鬧事、和解，拿一筆錢生活。

那天吃到飽餐廳胡鬧，有一半就是設計好的，原本他們就打算把事情鬧大，吃頓霸王餐……只是沒有料到，「鬧事」的層級被那群S高中的討厭鬼擴大了！

他一開始就是故意要插隊的，本來只是想引發店家不滿，在爭執中他可以受傷、或是跌倒，結果那些人居然他們不讓他拿食物、吵架，還有人阻止他、想搶他的夾子，跟他搶食物他怎麼能忍？

後來的發展就超出控制，他生氣的亂丟東西了。

「我覺得那間餐廳沒想像中的好搞定，今天你看那些店員都很強硬……」洪媽媽試圖握住孩子肥嫩嫩的手，「小邦，我們一定要減量，因爲媽眞的沒有錢再負擔你的食物了！」

洪偉邦沒有聽進去，他正大口大口的塞著炸雞，因爲沒有比這個更重要的事了。

反正媽媽每次都這樣講，但還是永遠都能生出一大堆食物來讓他吃飽的，他不怕！

再不然……他早就想好了！附近有很多攤子的，他就先去吃，吃飽再說，沒有錢付那些叔叔阿姨也拿他沒辦法！

嗡……振翅聲突然傳來，洪偉邦嚇一跳的聳肩，親眼看著一隻蒼蠅飛到他面前，打算停在他的炸雞上。

「走開走開！」他氣得揮手，想拿東西把炸雞給蓋住。

「欸，怎麼會有蒼蠅？」洪媽媽連忙起身，到廚房的窗邊查看門窗是不是有緊閉。

可是他們家窗戶都有紗窗啊！

洪偉邦正拿廚房紙巾將炸雞蓋妥，但蒼蠅並沒有停在炸雞上，而是嗡嗡的消失了；聲音是突然停止的，洪偉邦繃著身體東張西望，發現蒼蠅不見後又開始大快朵頤起來。

走回的洪媽媽確認了紗窗都是關閉的，不太明白那麼大隻蒼蠅從哪飛進來的……蒼蠅拍不在手邊啊，她看著停在兒子頭上的蒼蠅，就這麼打下去也鐵定不會成功的。

揮走，嗡嗡聲再響，洪偉邦又是一陣雞皮疙瘩。

「得想個辦法讓牠飛出去，不能在家裡亂飛……你快吃吧，吃完媽媽得把廚餘好好的處理。」

洪偉邦嗯了聲，加速吃著，深怕等等又有蒼蠅來染指他的炸雞。

但他們都不知道，停在他背上的蒼蠅，只會停在牠感興趣的東西上頭。

杜書綸醒來時，覺得今晚格外的暗。

他睡眼惺忪的半撐起身抓過一旁的水杯，喝了幾口後又栽回床上，他的床是貼著牆的，左側上方就是窗戶，罩著灰色的遮光簾，他朦朧的視線看向窗戶，雖說遮光簾真的可以遮掉大部分的光線，但爲了讓自己能晨起，所以他選用的簾子沒那麼厚重。

可是今天也太暗了吧！暗到他完全看不到外頭透進的任何一絲光線！

爸爸在屋簷上掛了燈，可以照亮屋外、甚至屋前馬路，他們家是兩層樓建築，他的窗戶就在燈下方不遠處，不可能黑成這樣吧？就算燈壞了，珈珈他們家也有燈啊！

一絲光線也無，讓他的房間陷入徹底的黑暗。

杜書綸下了床，他的床底下有感應夜燈線條，只要有動靜就會亮起的夜燈，相當微弱的一整條線燈燈條，但只要能讓他看得清去廁所的路就好。

他先去了趟洗手間，因著在廁所有開燈，所以導致他出來時覺得房裡異常的暗！所以他從床尾朝窗邊走去，掀開了窗簾一角……哇，這也太黑了。

窗外什麼都瞧不見，眞的是一點點都看不到，這哪是燈壞了？這活像有人在外面罩了層布似的！

直覺不對勁的杜書綸沒有貿然的打開窗簾，而是到枕下取過手機，點亮螢幕，悄悄的回到窗邊，他蹲下身子，再度往上揭開一角，利用手機的光線往窗外偷偷看一……眼……

他的窗戶在動。

僅一秒杜書綸便飛快的收起手機，他剛剛沒看錯，窗外的一切都在「顫動」。

他轉身到書桌邊打開燈，將燈轉向了窗戶，然後直接衝過去唰地拉開了窗簾——他那扇大面玻璃窗上，竟然覆滿了密密麻麻的蒼蠅，牠們腳微微的移動著，所以才在他窗上形成略微「顫動」的景象！

牠們完全覆蓋住整面玻璃窗，密不透風到他完全瞧不見外面的景色！

一股惡寒湧上，這絕對不正常！

他趕緊翻出書包裡的符紙，想著是不是要學電視電影，把窗戶也黏上符紙？

嗡嗡嗡……嗡嗡嗡……蒼蠅的嗡嗡聲突然響起，而且是那幾百隻同時振翅，彷彿傳自他的腦中，杜書綸難受掩起雙耳也沒有效！

貼！貼！他趕緊用顫抖的手撕著符紙後面的雙面膠，此時此刻，那群蒼蠅居然開始飛動，牠們是向後飛，然後——咚！

整片玻璃窗隨之震動，杜書綸簡直傻了，牠們在衝撞窗戶？是因爲他開燈驚動了牠們嗎？那也應該是飛走吧？爲什麼這麼團結？你們是蒼蠅啊！不是螞蟻！

杜書綸飛快的把符貼在窗戶上，然後滑步回到書桌邊把桌燈關掉！

咚咚咚……咚咚……他的整扇窗子竟然在微微震動，那些蒼蠅沒有飛走的意思，杜書綸趕緊再貼一張符上去，將手機手電筒往地板照去，不敢直接照著窗子，只敢利用餘光照明。

「你們這個針對性太強了吧？擺明是找我吧？」杜書綸蹲在桌邊地上，瞪著那滿片蒼蠅瞧，「我是惹到誰了啊？」

隆隆隆，回應他的只有窗子的震動，杜書綸連忙再後退，他該相信那張符對吧？好歹一萬多塊啊，是吧？是吧！看著共頻的頻率越來越強，他感覺他會成爲見證蒼蠅撞破窗戶的人！

那張符到底有用沒用啊!?杜書綸嚇得轉身就要衝出房間，而且他要把房門關上，絕對不能讓這些蒼蠅在家裡肆虐！

但他還沒來得及衝出房門，就因爲黑暗絆到了自己的腳，摔在書桌旁的那一刻，他聽見了玻璃窗碎裂的聲音——鏘！嗡——

救命！太扯！這真的太扯了！藉由地板上的夜光條，杜書綸看見一大片黑壓壓的蒼蠅毫不猶豫的朝他衝來！

他第一件想到的是掩住雙耳，閉起眼睛嘴巴，而且得把鼻子埋在膝蓋上，蜷成一團，絕對不能讓蒼蠅有可鑽入的地方！接著他想到，若牠們等等往衣服裡鑽他能怎麼辦？

他一定會驚恐的起身試圖甩掉牠們，接著牠們是不是會鑽進他的七孔裡？他得走！杜書綸不顧一切的跳起來，衝向自己的房門口……等等……

眼尾餘光瞧見一團黑影在空中轉了個圈，像是撞到什麼似的，蒼蠅們比他還驚恐的飛出了窗外。杜書綸一手按在門把上，看著失去蒼蠅遮蔽的窗子終於透進光來，而他二樓的窗外，懸浮著一個「人」。

一個以蒼蠅組起來的人。

『杜……書……綸……』森幽的聲音響起，那個蒼蠅人居然有手！還指向了他。

他全身抖得厲害，聲音都發不太出來……你哪位……

下一秒，人影倏地轉過頭，似乎有什麼引起他的注意，『給……我……』

咦！杜書綸陡然一陣，這個聲音——是今天騎回家時，他在身後聽見的那個聲音！

是……是蒼蠅？

剎那間，蒼蠅疾速飛離，他的窗前在眨眼間，一隻蒼蠅都沒剩下，徒留屋內滿地的碎玻璃……杜書綸雙腳一軟的跪在地上，這麼大的動靜，爸媽完全沒有反應，不是睡死，就是有什麼阻礙了他們。

咚！噠達……窗外傳來聲響，杜書綸緊繃的心略微放鬆，雙眼盯著窗框看，直到一顆頭冒了出來。

「你窗戶呢？」聶泓珈本想攀著窗子進來，一看見上頭的玻璃碎片都傻了，「怎麼回事？我聽見有人在說話！」

一直以來，珈珈就容易見鬼，所以她沒有聽見玻璃碎裂聲，她聽見的是那個蒼蠅人的說話。

「我如果說是蒼蠅撞破的，妳信嗎？」杜書綸站了起來，看見聶泓珈，他突然放心許多，「妳先……從大門進來好嗎？我下樓幫妳開門。」

她一定是從自己房間爬出來的，又爬樹又踩木簷的，身形靈巧的她啥都不是問題。

「……蒼蠅？」

又是蒼蠅？聶泓珈忍不住皺眉，是幾公斤的蒼蠅啊？太噁心了吧！

第五章

名牌辣妹

今天一整天，學生們難以專心，畢竟看見不少位警察出現在S中，約談各年級的學生，就知道事情一定不小；警方前來主要因為二年級白松齊的失蹤，畢竟發現他父母的屍體距今已經四天了，而他父母死亡已經超過十天，但學生卻下落不明，警方只好到校來詢問師生，希望能得到一些線索。

「我剛好像看到武警官耶！」張國恩興奮的從後門滑進，「帥的咧！他體格超好！」

「你也很好啊，好歹運動員耶！」同學忍不住看向張國恩那一身肌肉，都這麼壯了還羨慕別人啊？

「不一樣！武警官的肌肉更強，而且是全身的帥！」張國恩喃喃唸著，一臉小迷弟的模樣，「欸，就是帥！」

坐在第三列的李百欣揹起書包，頭也沒回的吆喝著，「走了喔！張國恩！」

「就來！」張國恩連忙衝到位置上拿書包，他們要一起去補習。

正值放學時間，警察居然還沒走，杜書綸記得他們兩點多就來了啊，居然調查了這麼久。

聽見武警官還在，聶泓珈相當遲疑，她有點想去找他。

「要不要找武警官問問？」她很認眞的扯扯杜書綸的衣服。

「問他？妳不如問唐姐他們，至少他們是驅魔師。」杜書綸扯了嘴角，「妳跟武警官說，他大概只會說：又是你們！」

唐家姐弟，一對驅魔師姐弟，之前遇到的厲鬼跟惡魔，最終都是靠他們才解決的！他們手上有厲害的法器、會背誦詭異的咒語，還會畫惡魔界的魔法陣，最酷的是唐恩羽手上有把邪氣爆表的黑色大刀，拿來殺鬼砍魔帥呆了！

聶泓珈自是憂心忡忡，昨天半夜他們清理碎掉的玻璃渣時，才驚醒了杜家父母，他們是眞的完全沒聽見杜書綸房間裡的動靜，更不明白什麼時候竟颳這麼大的風，能把玻璃吹破。

他們當然不可能說實話，說有一大群蒼蠅把玻璃窗撞破！這說出來就算杜爸杜媽信，還得解釋一通，算了。

「什麼事嗎？」坐在聶泓珈前頭的婁承穎好奇的轉頭，還得問警察？

聶泓珈禮貌微笑著搖頭，雖然婁承穎也共患難過，也都見過厲鬼，不過最近難得平靜，就別牽扯太多人了吧！

「婁──承──穎！」清亮的嗓音突然從樓下傳來。

正轉過身想多聊兩句的婁承穎瞬間愣住，他嚇得正首，「不會吧？」

樓下跟著傳來驚呼與起鬨聲，還沒走的同學聽見動靜紛紛湊到窗邊去看熱鬧，李百欣更是一馬當先，佔了一大扇窗看著樓下的焦點──一個身材火辣、低胸短裙的女孩，正抬頭大喊婁承穎的名字。

「是那天那個辣椒女孩！」男孩們絕對記得一清二楚，「陳詠歆！嗨！」

瞧，連名字都記得一清二楚咧！

「哈囉！」陳詠歆大方的跟每個男孩揮手，然後終於看見露臉的婁承穎，「婁承穎！放學了！我們一起走吧！」

「哇、喔！」李百欣朝左看向滿臉通紅的婁承穎，模仿起陳詠歆嬌滴滴的語調，「恬恬吃三碗公耶，婁承穎！一起回家！」

「一起回家耶，嘖！」連一向偏嚴肅的周凱婷都跟著調侃起來，「什麼時候的事啊？這進展出乎意料呢！」

婁承穎被說得害羞不已，實在不知道該怎麼應對，手忙腳亂的收著書包，她怎麼直接到學校來了？

「這不意外啊！那天在餐廳裡時，要不是那個胖邦要打婁承穎，辣妹才不會出手咧！」杜書綸站了起身，「那天在餐廳時，她就一直在看婁承穎了！」

嘖！婁承穎尷尬的瞄向杜書綸，他幹麼說啦！

「別亂說……」婁承穎緊張得都結巴了，「她她她她就是店裡的常客，她跟跟跟跟朋友很常常去吃飯，所以才才才認識！」

「哇，所以那天是美美美美美救英雄囉？也太甜了吧！」李百欣眞的看熱鬧不嫌事大，「今天就跑到學校堵你了，眞有心！」

「都知道你哪學校哪一班了，這應該不是常客這麼簡單了。」杜書綸精準剖析。

「那那那那那是因爲之前在路上遇到，我想說她幫了我，應該、應該要請她吃個東西，所以我們……」婁承穎緊張的解釋，結果包圍他的同學同時發出：哦～～～

哦什麼啦！婁承穎眞的是越解釋越糟了。

「快去吧！別讓人家等啦！」張國恩抓過他就往門邊推，「你看多少男生都圍著她不放了！」

他忍不住又多瞧幾眼，說眞的，那對又白又圓的胸部從五樓看下去，實在太吸睛了！不見每一層樓探頭出來的，都是男生居多嗎！

婁承穎一張臉紅到底，無力反抗的抓過書包趕緊離開，聶泓珈忍不住笑了起來，一直開朗大方的婁承穎居然也有這種語塞的時候。

「話說回來，她穿得也太辣了！」周凱婷記得那天在餐廳裡時，她的屁股蛋都是大方展現的，「而且印象最深的，是全身名牌。」

「是嗎？」提到穿搭，女孩子們就有興趣了。

「對啊，你們光看她今天揹著的包，還是C牌新款耶！我記得上個月初才上市而已，那個一咖就是一般上班族三個月的薪水耶！」周凱婷忍不住讚嘆，「又正又美，有這種財力應該是個富二代吧！」

「好不公平啊！」女孩子們眞的是個個羨慕嫉妒。

學生們魚貫離開教室，前頭是被男生包圍的婁承穎，後面是聽著周凱婷講時尙與八卦的女孩，杜書綸跟聶泓珈就走在中間，聶泓珈還想去那間廟問符咒是怎麼回事？爲什麼都貼在玻璃窗上了，卻擋不住昨晚的蒼蠅鬼？

對，那一定是亡靈啊！否則誰家蒼蠅會攻擊人的？還能組成人形？

而當事者卻只顧滑手機，一臉玩味似的笑，對於前晚的遭遇好像不太在意。

「放學啦！」在下樓時巧遇到正要離開的武警官，他對這幾個學生都很熟。畢竟之前幾件命案跟那些無法解釋的案件，這幾個學生都有涉入。

「還在找人嗎？」杜書綸禮貌的打招呼，「都這麼多天了，狀況不妙啊！」旁邊的警官打量這過於纖瘦、還紮著長髮的秀氣男孩，「小武？認識的？」

「杜書綸，芒草原跟咆哮屋案的相關學生之一。」武警官挑了挑眉，「那個千年一遇的天才。」

「哦～」那兩個案件他沒參與，但也知道現場多慘烈，至於天才學生他可就知道了，「果然天才都……嗯……特別。」

「杜書綸，你有什麼建議嗎？」武警官暗示著，或許他們知道失蹤學生的事。

「這麼急著找他喔，不過我是不太樂觀啦。」杜書綸露出個皮笑肉不笑的神情，武警官心頭涼了半截。

這小子是什麼意思？難道他知道什麼了嗎？

關於白家夫妻的慘死，在現場留下的跡證與指紋，都已經比對出正是他們失蹤的兒子：白松齊。

一般人很難直接徒手對人開腸剖肚，但從他床底搜出吸食器後，搭配上「紫貝」因素，只怕許多事提高了可能性。

「那毒品有這麼厲害嗎？」聶泓珈難得好奇的上前問著，「我聽說不會上癮，也不會產生幻覺的不是嗎？」

老李蹙眉，「妳爲什麼知道這些？妳是不是……」

「拜託，這誰不知道！這玩意兒在學生間很泛濫啊！」杜書綸直接亮出手機，「隨便的群組或私訊都有人問：想不想提升專注力？」

他的社群裡就有一條陌生訊息：「想提升專注力，讓學習事倍功半、不再被父母責備嗎？」

「這個……」武警官連忙想拿過手機細看，不料杜書綸卻立刻收回，「你們自己慢慢查吧！」

毒品這種事，抓得到才有鬼。

到了一樓穿堂，卻發現有一群人圍在那兒看著公告，那群人一瞧見杜書綸，個個臉色都很難看；聶泓珈明顯的感受到敵意，好奇的湊上前，她在同齡人中身高最高，輕易就瞧見公告裡寫了什麼。

「是獎學金申請，各式各樣，有全校性的、也有整個S區的，反正非常多樣。」聶泓珈仔細看著，有幾項她說不定也能試試看。

「在學校社群裡都有喔，大家可以回去慢慢看。」老師在旁提醒著，「有機會就申請，說不定眞能拿到呢。」

「很難吧！卡一個杜書綸大家都沒戲唱了好嗎！」有人不客氣的嚷嚷起來。

陳詠歆早已在穿堂等待，尷尬的婁承穎正要走出穿堂卻停下了腳步，這聲音……他回頭瞥了說話的同學一眼，是七班的！昨天他擠在那窄巷裡聽見的說話聲就是這個！

「對啊，明明該念大學的人進我們正常體系，完全壓縮我們拿獎的空間啊！」三年級的羅鴻恭也不客氣的開口，「杜書綸，你不會也要報校際科展吧？」

杜書綸絲毫沒有理會他們，專心的聽著聶泓珈解釋重要條款給他聽，例如：獎金。

「杜書綸會參加嗎？你參加的話，大家不是都沒得拿了？」李百欣上前隨口說道，「應該不會吧！」

「為什麼不會？」杜書綸立即狐疑反問，「這上面也沒限定智商多少的人不能參加啊！」

「有的人是靠獎學金生活的你知道嗎？」李百欣義正詞嚴，「第一名跟第二名獎金差很多就算了，有些獎學金還只限一人呢！」

「嗯哼。」杜書綸點點頭，所以呢？

聶泓珈感受到周遭的空氣變了，這尖銳的敵意果然不是她的錯覺，現在在場的幾乎是屬於成績優異的學生，他們都很討厭杜書綸，其中更不乏他們自己班上的。

她之前還覺得為什麼沈柏儒會這麼討厭書綸，再回想週六餐廳事件中，他們甚至對杜書綸的毫髮無傷感到惋惜，現在終於懂了。

「欸，你穩拿的耶，你這種人就是應該去念大學或是研究所，哪有大學生跟高中生搶獎學金的啦！」李百欣不客氣的問著他，「拿錢要有道義啊！」

杜書綸眼鏡下的雙眸閃過一絲不悅。

「我是高中生，李百欣，我跟妳同班。」

「但你本不該念高中，你這是在降維打擊！這麼有本事，就去你應該待的地方拿獎學金。」李百欣雙手扠腰，倒是毫不客氣，「例如，去研究所拿個全額啊！」

杜書綸冷笑一抹，「妳知道有多少間學校都是免我全額學費，還外加獎學金讓我去的嗎？」

「對啊！很棒啊，這才是正常！」李百欣對他的自負直接開無視，「去拿你該拿的！不該你拿的就不要碰！」

該不該拿，不是她決定的──杜書綸更加不悅了。

望著這劍拔弩張的氣氛，聶泓珈悄悄握了拳，這場景太相像了，她在這之前，從來不知道原來李百欣是正義感這麼強烈的人……不好，這是錯的，眞的錯了！

她下意識的，扯了杜書綸的書包。

正要開口反駁的杜書綸及時嚥下了原本更傷人的話語，而是不悅的看向李百欣，「妳正義感很強嘛，李百欣，不關妳的事都要說上兩嘴。」

「路人銳評。」李百欣聳了聳肩，「我說的是實話，你這樣是壓縮大家的空間與權利。」

「所以呢？規定上沒寫我不能參加啊，有的還是看學期成績給的，難道你們想逼我主動放棄資格？那可是白花花的錢啊！」杜書綸轉頭看向羅鴻恭等人，「再說了，每科總分也才一百，不拼一拼還不知道高低，不是嗎？」

「問題是你是天才啊，這太不公平了！」羅鴻恭氣急敗壞，「我們就是希望你放棄，不要跟我們爭！」

杜書綸大方接受著無數或敵意或欽佩的視線，對著羅鴻恭禮貌微笑。

「世界本來就是不公平的，難道要犧牲我去補足你們的不公平，才叫公平嗎？」他從容的轉身離開，「我不會放棄的，大家各憑本事吧！」

要求別人犧牲來成就自己達到公平，只是顯得你們更無能而已。

「喂——」從同學到學長們紛紛氣急敗壞。

唉，聶泓珈早知答案是這樣，書綸才不會理睬這種情勒！

「勸勸他吧，珈珈。」李百欣突然拉住了她，「他是在搶奪別人的資源。」

搶奪？這種詞都出現了啊……聶泓珈回眸看著李百欣，不禁百感交集，「我覺得……正義感要有分寸。」

「什麼？」

「人啊，還是管好自己就好了。」聶泓珈說這句話時，語重心長。

李百欣自是瞪圓一雙不可思議的眼睛，但聶泓珈下意識的迴避，趕緊往前，杜書綸雖走在前方卻放慢腳步，等待著她追上，略微回眸的瞬間，兩人眼神交會，一切盡在不言中。

穿堂裡，陳詠歆看著這罕見的景象，眞是覺得有趣。

「這在我們學校很難發生，呵。」她笑得一臉天眞，「成績好果然也有成績好的煩惱！」

婁承穎尷尬的笑著，看著那票成績優異的學生氣急敗壞的咒罵，李百欣也跟張國恩嚷嚷：杜書綸那是什麼態度！看起來超不爽的！

「我是能理解啦，因爲等級差太多了，這讓大家連拼的機會都沒有。」婁承穎自己成績是不差，但不到非要獎學金的地步，「啊……不是，妳怎麼跑到我們學校來？」

陳詠歆一怔，眨著那雙濃密睫毛的眼睛，「我喜歡你啊！我昨天說了你都沒有在聽嗎？」

這告白直接又率眞，而且一點都不帶掩飾的，瞬間就把穿堂裡的戾氣凍住……那些正在低咒、大罵杜書綸的人紛紛轉過來，投以「哎唷」的眼神。

「哎唷！」婁承穎拉著陳詠歆立刻逃離現場，她怎麼這樣！

昨天他是爲表感激之情，所以請她吃冰，他當下心裡亂得很，一邊在學生買毒的事，一邊又不知道眼睛該放哪裡，因爲陳詠歆都穿得超低，每次都露出渾圓的北半球。

很想看又不敢，搞得他心慌慌。

然後，陳詠歆就突然表白了！她表示之前去吃飯時就注意到他，覺得他長得好看又陽光，那天洪偉邦大鬧餐廳時，他的義正詞嚴讓她覺得更迷人，所以她想跟他交往。

「我昨天已經跟妳說了，我現在還沒有要交女朋友的意思，我們都是學生，以唸書爲主吧……」

「那我休學了，每天就只愛打扮跟玩樂，你會瞧不起我嗎？」

「不會！」婁承穎趕忙解釋，但對上那張濃妝臉，又遲疑了一會兒，「但我也要老實說，我們的環境不同，價值觀會差很多……像我如果跟你談課業的事妳不懂，但妳跟我講打扮，我也不懂。」

陳詠歆用手撥弄著她的大耳環，「說穿了就瞧不起啊！」

「不是瞧不起……陳詠歆，人跟人認識說話要有共鳴的啊！」婁承穎趕緊舉例，「不然，我現在跟妳講，今天我們物理課學了——」

「停！停停停喔！不要講那些我聽不懂的！」陳詠歆連忙喊停，她根本不想聽那些！

是不是？婁承穎雙手一攤，她瞭解他的明白了吧？

「我們可以當朋友啊，我很樂意跟妳當朋友的……嗯……」婁承穎再次打量了她一次，「不過妳穿這樣到我們學校來太招搖了，太辣！」

「當朋友就當朋友，反正你要知道我喜歡你。」她嬌俏的原地轉了一圈，「我身材好啊，當然要以最正的方式來見你！你說，我這身好不好看？」

「好看，很好看！」婁承穎先稱讚，再補，「但是有點太性感了，怕妳不安全。」

「才不會呢！有好身材就要露，你看多少人都盯著我瞧！」陳詠歆可得意了，「我這上衣是C牌的，裙子是L牌，包包也是C牌最新款……還有還有，我這副耳環，是T牌新貨呢！」

她吱吱喳喳一堆，但婁承穎一個牌子都聽不懂。

「這都是名牌啊……這樣……很貴吧？」全身上下都是大牌子的話，那她這一身得多少錢啊？

「沒關係，我買得起。」陳詠歆滿足的說著，「我就喜歡時尚，尤其是C牌，一有新品我就想入手！」

他們已經到了腳踏車棚，前面的杜書綸把後方對話盡收耳裡，那哪叫時尚？那純純叫崇尚名牌好嗎！陳詠歆的確長得不錯，身材也好，不過就算把全身名牌都穿在身上，也遮掩不去那份庸俗感。

「我今天要去打工啊，不能陪妳去吃冰。」婁承穎也正準備牽車，發現陳詠歆依然跟在他身邊。

「我知道啊，所以我要去你餐廳吃飯，讓你載我去。」她開心的晃著那只名牌藤編包，主體是藤編方包，滾邊跟開闔處是白色皮革，看上去很清新。

她是個很可愛的女生，但過度熱情讓一向開朗的婁承穎都有點難以招架；跨上腳踏車的聶泓珈實在忍不住笑了起來，風水輪流轉不必等，剛開學時婁承穎對她的「熱情」就是這樣，現在他鐵定明白她的感受了！

而且他們兩個座位還是前後耶，之前他每天這麼熱情，她甚至一度得逃到廁所去！

「喂！珈珈！」左前方的婁承穎牽著車子出來，面紅耳赤，「笑什麼啦！」

「笑你的感同身受啊！」聶泓珈朗聲回應，「剛開學那時你可就是這～麼～熱情待我的！」

嗯？雖說不知事情原委，陳詠歆立即轉頭去看聶泓珈，為什麼那個男生能讓婁承穎這麼熱情啊？

「陳同學，努力追，妳這麼漂亮，男生都喜歡的。」杜書綸看熱鬧不嫌事大，還力勸陳詠歆！

「是嗎？」女孩一臉燦笑。

「杜書綸！」婁承穎咬牙低嚷，有完沒完啊！

陳詠歆坐在那一點都不安穩的後座，露出一臉幸福樣。

「欸，杜書綸，你眞的要申請全部獎學金嗎？」在杜書綸準備騎過他身邊時，婁承穎突然出聲。

杜書綸的笑容是一秒凝住的，「嗯，應該吧！我還沒研究呢，但我發現錢不少，可以補貼很多耶！」

「喔，只是……我發現很多人對你敵意都很重，他們應該會拼命的跟你爭吧！」婁承穎想起昨天那破巷裡的事情，從窄巷中跑出的高三學長，還有班上的沈柏儒。

「那就爭啊，規矩寫在那兒，誰都不作弊，公平競爭。」杜書綸說得理所當然。

「你的存在本身就是不公平。」後頭的聶泓珈幽幽的說。

杜書綸聳肩，那也是沒辦法的事，天生不公平嘛！

「我怕……他們會無所不用其極。」婁承穎一臉掙扎，「我昨天看見學長他們……」

他突然變得緊張起來，一副欲言又止的樣子，接著左顧右盼，因爲現在棚內有許多人在牽車，所以他滑著車往前拐出腳踏車棚，來到一旁的空地。

以腳當支柱，婁承穎斜著車子與杜書綸低語昨天看到的事情。

「毒品？」聶泓珈不可思議。

「應該是爲了提高成績，而且我眞的聽見杜書綸的名字。」婁承穎話說到一半，看見斜前方學長正迎面走來，「噓！學長來了！」

隔著一條大道，羅鴻恭跟朋友自對面走來，眼神倒是不客氣的看著杜書綸，他則大方微笑，頷首道再見，羅鴻恭那票眞的是一點好臉色都沒給。

「哇，爲了唸書這麼拼！果然S中的學生就是不一樣！」後頭的陳詠歆喃喃自語，「我們一般都只是吃著玩……」

一瞬間，三個人倏地朝她看去。

「吃著玩？妳也有碰？」婁承穎可緊張了。

「不就『紫貝』嗎！那很普遍啦，你們這些書呆子！」陳詠歆噗哧出聲，「到處都有啊，而且我們就是讓精神變好、專注力提高而已，這樣可以high整晚。」

杜書綸想到了手機裡那些訊息，的確是到處都有。

「那終究是毒品。」聶泓珈勸慰著。

「但它不會上癮，便宜好入手！」陳詠歆又忍不住輕笑，「用在唸書倒是挺厲害的，我都沒想到……說不定我吃了之後再去唸書，成績也能突飛猛進！」

杜書綸笑看著她，「那妳得先打開書才算數！」

「哈哈哈哈！」陳詠歆不客氣的拍打了他，「你這天才很幽默耶！說得眞對，而且我的包才不可能拿來放書！」

她珍愛的拍拍了腿上的方包，的確很典雅。

「書包不放書放什麼？」婁承穎咕噥著。

「書包這麼醜的東西，我根本不想拿！名牌包我倒多的是，而且我只揹新品！」她邊說，再次拎起自己手裡的包，「每次剛上架，我就立刻揹在身上了，這感覺就是屌。」

「眞厲害！」杜書綸毫不吝嗇的讚美，只是讓陳詠歆更加得意，「好了，你該去上班了，而珈珈得去補習。」

「啊！」婁承穎這才注意到時間，「我先走了！」

他回頭對著聶泓珈道別，她點點頭，輕聲道別。

後座那美麗的身影右手打直，大聲的跟著所有投以注視禮的人說再見，她裙子短到屁股蛋都瞧得見，因此坐在腳踏車上時，那雙大長腿都能讓路上所有車子減速。

「你想幹嘛？」聶泓珈挪到杜書綸身邊，「昨天才有蒼蠅大軍攻擊你，你快點立刻回家。」

「欸，我房間的玻璃被蒼蠅撞破耶，回家有什麼用？」杜書綸沒好氣的提醒她，同時也抬頭看著天空中的蒼蠅們。

最近蒼蠅眞的超級多，不只是圍繞在他們身邊而已，而是到處都是，各地的服務代表已經準備要在週末進行大掃除了。

「去那間廟問問吧，他們的符沒有效！」聶泓珈相當緊張，她根本無心補習，「我想不出來爲什麼那些蒼蠅要攻擊你！」

「但終究是沒衝向我，我那時書桌上也擺了護身符，身上也掛著的……」杜書綸沉吟了數秒，嚴肅的看向聶泓珈，「我覺得跟『紫貝』有關。」

聶泓珈倒抽一口氣，「別鬧。」

「妳該去補習了。」杜書綸拍拍她，龍頭一扶正，直接往前騎走。

「杜書綸！」聶泓珈急起直追，開玩笑，她這種身高隨便騎都能趕上杜書綸。都說了有不乾淨的東西纏著他，他還想亂來！

聶泓珈的擔憂是正常的，先不管爲什麼蒼蠅要攻擊杜書綸，再看看到處引人煩躁的蒼蠅，如果不是環境因素，再加上之前他們遇到的怪事，還有一本惡魔之書流落在外，可以讓人召喚出惡魔。

人的欲望無限，而且最喜歡不勞而獲，召喚惡魔實現自己的願望的話……有沒有可能，是有人召喚了惡魔，而那個惡魔，跟蒼蠅息息相關？

例如，別西卜。

踩著名牌高跟鞋，在鐵梯上發出鏗鏘聲響，這是座鑲在建築物外的逃生梯，也是陳詠歆工作場所的後場，她踏著輕快的腳步來到七樓，刷了工作證，自動門一開，裡面是一間三坪大小，滿是鏡子與燈光的化妝間。

「看妳這麼高興，是不是那個餐廳的男生拿下啦？」坐在隔壁的喬妹從鏡子裡瞅她，她正在化妝呢。

「還沒，但就是剛剛一起吃飯了！」嚴格說起來是她吃飯，看著他上班，哎，還是開心的嘛！

陳詠歆婀娜的坐了下來，抽張紙把桌面擦乾淨，再把手上那款藤編提包擱上去，正在夾睫毛的喬妹忍不住瞄向了那個包，眞的有夠好看！

重點是最新款、最新款啊！都不知道她們怎麼買到的？

「欸，我問了櫃姐，她們都說現在全世界缺貨啊，根本有錢都買不到，妳們是怎麼買到的？」喬妹實在也很想買，「代購能不能介紹一下？」

「別，妳都知道難買了，代購也只買到我這一咖而已啊。」陳詠歆高興的欣賞著自己的包。

包好不好看她才不在乎，重點就是又新又快入手，提在手上備受矚目，還能發社群炫耀，而且會有一種自己是時尚寵兒的感覺。

這是一間非常寬大的長型化妝間，大片的鏡子，專業的燈光，坐在位子上的女孩們都在打扮，這就是陳詠歆能夠不停買名牌的原因，她是酒店小姐，收入頗高。

「欸，小欣啊，不是薇姐要說妳，就算我們賺得再快，也不如妳花錢花得快啊！」資深的學姐正在捲頭髮，喚著她的藝名，語重心長，「妳什麼都要名牌，又要最新最快，這樣錢不夠用的啊！」

「不會啦！我要是真來不及賺，我可以刷卡分期啊！」陳詠歆說得天經地義，「等錢拿到再立刻還掉就好了。」

陳詠歆邊說，手機裡已經在滑下一個新款的包了。

「嗄？這好像有點太誇張耶，妳包也超多了，其實也拿不完，倒不必每個都買吧？」喬妹客氣的說。

「包永遠拿不完的，你看，L牌新款又要出了！」陳詠歆指向手機裡的照片，「哪個顏色好呢？」

喬妹在心裡直搖頭，謹慎的黏起假睫毛來。

「阿欣那是名牌狂熱了啦，跟搭配或需求沒關係。」薇姐攏著長髮，「只要有新款就一定要買，一定要穿戴在身上，對吧？」

陳詠歆驕傲的朝向左後方，看著鏡子裡的薇姐，「薇姐說得太對了。」

薇姐回以精緻的微笑，這女孩太年輕，錢來得太快，她不知道什麼適合自己，只覺得自己這年紀能賺這麼多錢、買這些名牌就等於身分、就是屌，年輕是她的資本，名牌便是她的陪襯。

她根本也沒好好唸書，嘴上說著唸書都白痴，大學畢業也沒她一個月賺得多，但事實上她執著在名牌的心理，還是想炫耀給同齡人瞧：她比他們厲害，是一個能穿搭全身名牌的佼佼者。

「大家好！都來了吧！」化妝間另一邊的霧狀電動門開啓，進來另一個其貌不揚、身材微胖、但笑容和靄的女人，「哇！阿欣今天眞漂亮！喬很可愛喔！薇姐妳那副耳環太襯妳了！小琪……」

她一進門，就把小姐們全部讚美了一番，挑出她們的特色，一一讚揚，然後……她看見了空著的位置。

「Iris還是沒來嗎？」她笑容斂了斂，眉間帶著點憂心，「都幾天了？就算要離職也要過來把獎金算一算啊！」

正勾勒著眼線的陳詠歆突然一僵，從鏡子看著氣氛凝重的眾人。

「不知道啊，她什麼都沒說，她會不會跟男友走了？」小琪好奇的問。

「我問過男公關那邊了，阿徹還在店裡，他也聯繫不上Iris。」薇姐起了身，雙手抱胸的沉思，「手機關機，訊息不回……有沒有可能躲債？」

「我也很苦惱，債主該不會來我們店吧？還得去打點一下。」像想到什麼似的，轉頭看向正在畫另一邊眼線的陳詠歆，「阿欣，那天妳們不是聊得很嗨嗎？

她有沒有提到什麼？」

「啊？」陳詠歆一個手抖，眼尾畫歪了，「哎唷……沒有啊，那天就是聊包而已。」

她抽起面紙擦掉眼尾的眼線，重新畫一道。

「如果Iris有聯繫妳們的話，都快點跟我說。」嘆口氣，小姐突然跑掉也不是頭一次，但是Iris在這裡很久了，所以才不正常！「大家好好休息，等等吃完飯後就要準備上班了！」

「好的。」大家齊聲回應，就等小妹把大家點的餐送來。

陳詠歆靠在椅子上，雙腳翹在桌子上滑手機，眼睛卻是盯著桌上的那款包，喬妹之所以說「妳們」怎麼買得到，是因爲這款包一開始是先出現在Iris手上的……

嗡嗡……不知哪來的蒼蠅，大家厭煩的揮趕，陳詠歆揮著風想把牠們朝捕蚊燈逼去，怎麼蒼蠅不會去捕蚊燈那邊晃晃啊？

「看來要買捕蠅紙了，最近蒼蠅怎麼這麼多，你們有沒有注意？」

「對啊，到處都是，那聲音超煩的！」

上班時間要到了，大家陸續進店裡，陳詠歆收拾著東西要擱到置物櫃去，她身上這麼多貴重的東西，怎麼能放在後面，這些「姐妹們」手腳可都沒多乾淨好嗎！

殿後的陳詠歆拿鑰匙打開置物櫃，一隻手卻倏地竄了出來！「哇呀！」她嚇得踉蹌後退，鞋子太高還害自己跌了個四腳朝天，驚恐的看著上方的置物櫃裡，漆黑溼濡的長髮從櫃子裡一綹綹的滑了下來。

『妳的手就乾淨嗎……』塗著鮮紅指彩的破裂指尖啪的攀住了置物櫃邊緣，裡頭的人正奮力的想「擠」出來。

灰紫色的額頭露出，亂髮下充血的雙眼瞪著她，鮮血跟著自置物櫃裡溢出，一滴一滴的流淌。

陳詠歆嚇得動彈不得，她微張的唇抖著，一個字都說不出來。

「阿欣！」門倏地被推開，喬妹眨著大眼睛，「點名了！妳在幹嘛？咦……妳怎麼了？」

陳詠歆驚恐的看向左邊的喬妹，再立刻瞄向自己的置物櫃……敞開的櫃子裡什麼都沒有，沒有那個扭曲的女人、沒有任何血跡，只有在櫃前盤旋的蒼蠅而已。

喬妹緊張的把她扶起，貼心的詢問她有沒有扭傷腳，她當然以爲陳詠歆是因爲鞋跟太高所以拐到的。

「啊！包！」喬妹發現她珍惜的包落在地上嚇了一跳，趕緊撿起幫忙拍掉灰，連擱桌上都得墊張紙的，阿欣怎麼捨得包落地咧？

陳詠歆全身發抖，緊張的看著眼前那長方型的黑色空間，現在看上去再正常不過了，就是她的置物櫃，沒有那顆頭、沒有血……可是……剛剛那不是錯覺對吧？

「幫……幫我放。」她臉色蒼白的看著喬妹。

「啊？好……」喬妹儘管覺得她有點怪，但上班在即，沒時間想這麼多。

她留意到櫃子裡已經墊了紙，好整以暇的把包放進去，只是才一放入，置物櫃裡竟突然衝出一大堆蒼蠅！

那眞的是幾百隻，一團直衝而來！

「哇呀——」

嗡嗡嗡嗡嗡……蒼蠅撞上她們超級有感，外頭的人聽見她們的叫聲，連忙也過來查看，看見的卻是整間化妝室裡如同黃昏，被蒼蠅覆蓋到幾乎沒有了燈光！

「呀——」陳詠歆狼狽的往店裡逃去，喬妹踉蹌的被薇姐拽入，尖叫聲此起彼落，她們飛快的關上門，奇怪的是沒有一隻蒼蠅飛入店裡。

「那是什麼啦！多到燈全部都被蓋住了，那、那跟電影裡一樣，什麼蝗災的！」

陳詠歆蹲在地上，縮成一團，雙手緊緊掩著耳朵，那可怕的嗡嗡聲不停迴盪著，彷彿還有蒼蠅在她身邊繞著。

不是她的錯！不是她的錯！

要怪就怪妳自己啊，Iris！誰讓妳拿了……我買不到的包！

第六章

毒品溯源

「紫貝」最早是什麼時候開始的？

早在前兩年就開始了，杜書綸幾乎是過目不忘的，他在打遊戲時就很常接到訊息，大家邊打邊聊，不時會有人扔出相關訊息：有好東西、不會上癮，精神變超好……等等的訊息。

這種人很快就被踢出去，但訊息總是層出不窮且鋪天蓋地，他有個專精電腦的姐姐，說過那種廣告訊息只要設定好，就能自動群發廣告，反正釣上一個是一個。

當時就提過「紫貝」很便宜了，而且不會上癮，標榜二十四小時可以當四十八小時用，無論工作或是讀書效率都會增高，而且還不會累；當時他只是看看，沒有想到短短兩年期間，會變成學生間流行的毒品。

按鈴下車，杜書綸自公車上走下，在路邊確定了一下手機導航，發現自己還眞來到了一個比他家還要偏僻的地方！其實嚴格說起來旁邊都還是建築，全是矮樓房，像他家那邊有段產業道路還是芒草原咧，但不知道爲什麼，這裡的感覺就是沒有生氣。

畢竟芒草原另一頭，好歹是大街跟市場啊！

下車的地方有幾棟老公寓，一樓都沒住人，招租的牌子均已破損，他轉身往後走，身旁是一大片廠房，均爲鐵皮屋蓋的大工廠，可是現在雜草叢生，擺明已經廢棄了。

前方路口的便利商店稍微舒緩了他緊張的心情，有便利商店就代表有人住，沒事的沒事的！看著地圖左轉，一邊是稀稀落落的各種兩層樓透天厝，一邊仍舊是那個廢棄的廠房。

這曾經是什麼工廠啊？占地甚廣，事業做得很大啊！

轉彎後幾乎走了一百公尺都還是廠房位置，此路線顯然再往左轉，杜書綸站在路口深呼吸，這走下去連建物都沒有了！

平平是產業道路，他現在覺得芒草原還眞可愛，至少白茫茫的隨風飄盪，在有好兄弟突然殺出來前的那段歲月，他是很喜歡那裡的，唉！

終於快到導航上的終點，簡單來說，就是公車站牌的正對面，只是中間跨了一個超大的廢棄工廠；太陽已經下山，紫色的天空正在綻放最後的美麗，等會兒藍衣披上身，天就要暗下來了。

看著馬路對面的獨棟建築，還蓋在一個大概一公尺高的坡上，還眞是個好地點。

「在這裡眞的比較不會被查到嗎？」他碎碎唸著，過馬路到對面去。

柏油路上滿滿被落葉覆蓋，小小一段五公尺的路，就抵達米黃色的六層樓房，樓下的鐵門半敞，門都鏽到風一吹便吱歪亂叫了，一樓滿地的信件跟廣告單都給他不祥的預感。

「這裡到底是給誰交易的?」他無可奈何的拿出手電筒，婁承穎看見的交易地點就在學校附近啊!怎麼都挑廢棄屋子?而且這裡離市區要四十分鐘車程耶，還僅公車可達。

他不安的再傳一次訊息給對方，想確認地址跟時間。

訊息秒回:「請五點四十分抵達，再上樓。」

他試著回傳過以前所有留過廣告訊息的管道，不是帳號不存在，就是沒有回應，或是連結失效，唯一回應的只有這個帳號。

四周的樹木包圍住這棟華廈，上頭甚至攀滿了各種藤蔓，看上去眞的非常有氛圍:恐怖片的氛圍，他遲疑著要不要上樓，眞的有人會到這裡交易嗎?

路燈啪的亮起，這點小動靜都讓他顫了一下身子，杜書綸緊張的握了握拳，他都出手汗了……珈珈不在身邊，他的勇氣一下減少百分之七十。

他從來不會否認自己比晶泓珈弱，光天生骨架就差多少了!每次都覺得他們應該交換身體才對，他遺傳了外婆的纖細骨架，都沒有男性的寬闊身材，長得又秀氣，青春期前，他跟外婆簡直一個模子刻出來的!而外婆……聽說是那當年方圓幾百里的美人。

好啦，至少美，他算找到個特點。

長得慢也不是他的錯，健身這件事也是被珈珈逼的，一個女生比他高又比他壯，肌肉還比他發達，面子眞的掛不住啦！男生面子很重要的啊，廢話！最重要的是，人是視覺動物，第一眼就是外表，誰管他智商多少？

摸摸自己的二頭肌，增強千分之一的信心……護身符帶了，檢查手腕上的佛珠，防身小刀一把，錢也帶得剛剛好，就他調查的價格，這兩年來「紫貝」價格都沒上漲，一份毒品比一杯黑糖珍珠鮮奶茶還便宜。

滴——長長的電音響起，那是有人按開對講機大門的聲響，只是樓上的人恐怕不知道，樓下門是開的吧！

或許是一種暗號吧，代表可以上樓了！杜書綸鼓起勇氣，推開了那扇斑駁鏽蝕的大門……咿……咿……

映入眼簾的是昏暗的樓梯，狀況看上去也不太妙，他站在一樓往上看去，有的樓層亮著、有的沒有，甚至某層樓的燈還有些問題，一閃……啪嘰……再一閃。

詭異的氛圍拉滿，杜書綸開始猶豫是不是應該下次……叮！

「哇！」

過度靜寂之處，電梯門隨便叮一聲都能把人嚇得跳起，杜書綸摀著胸口，看著敞開的電梯門，還有裡面透出的寒光，彷彿在說：歡迎光臨。

走！他應該要走！

「請上樓，六樓。」訊息此時傳來聲響，賣家要求上樓了。

都快奪門而出的杜書綸又停下腳步，所以是賣家把電梯弄下來的嗎？他緊緊握著胸前的護身符，硬著頭皮走進了電梯。

放輕鬆，不要想太多，或許這裡就是刻意弄成荒涼之態，更能隱藏行蹤，低調嘛！進入電梯後，他按下了六樓。

電梯非常的慢，杜書綸有點不確定是自己過度緊張，還是因爲這座電梯眞的慢……他眞的有種度日如年的感受，而且，電梯裡有幾隻蒼蠅停在牆上，比之前看到的都還要更肥碩。

牠們的複眼閃爍著綠色的光澤，偶爾還有紅光流動。

在抵達六樓前，訊息又指示：「頂樓加蓋，鐵門沒關，走上來就是了。」

還有一關？頂樓是個好位置沒錯，如果在密集人口區，鐵門一關，還能跳到隔壁棟大樓閃避，問題是這棟是獨棟華廈啊，六樓加蓋等於七樓，難道跳到樹上嗎？

而且再往上走，讓杜書綸覺得不安，換言之如果鐵門一關，他也沒處跑了。

電梯穩了下來，電梯門正準備緩緩開啓，眼尾瞄著紋絲不動的蒼蠅，他按下一樓，決定離開。

但是在電梯門開啓的瞬間，他卻看見了整個六樓滿牆、滿天花板的蒼蠅！藉由樓梯間的燈，更可以看見大量的蒼蠅飛舞，杜書綸緊握著拳，咬著牙關走了出去。

蒼蠅，這麼大量的蒼蠅，看來他找對了。

原本就爲了低調，所以他還回家一趟，換了衣服、戴上口罩，走出電梯時耳邊頓時響起那種嗡嗡嗡的煩人聲音，不過蒼蠅沒有飛到他身邊，牠們正在忙自己的事。

杜書綸不想拖，飛快的跑上頂樓加蓋，天色已經暗去，上頭卻沒有任何一絲燈光，他藉由樓梯裡的光線把盆栽搬來卡著鐵門，再打開手電筒走回頂樓，看著那棟死寂的加蓋鐵皮屋。

「我到了。」他喊著。

嗡嗡嗡……回應他的竟只有蒼蠅的聲音。

這麼多的蒼蠅，他直覺當然就是這裡有腐敗的生物，但是他悄悄拉開口罩，卻什麼都沒有聞到。

他眞的「一點兒」都沒有聞到，這不正常，再不濟也該有汽車廢氣味、或是周圍這些樹的氣味吧！這種什麼沒有的狀況，更像是一種欲蓋彌彰。

他捏著手電筒往地板照，湊近了鐵皮屋門口，兩旁都是傾倒的花盆，盆栽量也不少，門口還有許多大小不同的零亂腳印，生意果然很好！杜書綸把手縮進衣服裡，避免指紋殘留，輕輕轉動門把時，門立刻開啓。

科科，爲什麼他不意外呢？多希望是鎖著的。

「您好，我來買東西的。」他探頭往裡看，屋內漆黑一片，不過路邊路燈夠強，所以勉強看得見。

這間鐵皮屋挺寬敞，沙發電視茶几……就是個住宅。

有別於樓梯間滿滿的蒼蠅，屋內反而只有三兩隻在飛舞，看著門前的腳印，杜書綸發現許多人都曾進去過，有的足跡看上去還很新，上頭黏著的樹葉還是綠色的。

他繃著神經走入屋內，小心的避開那些腳印，端起手電筒照在地板上，他不敢高舉的亂晃，萬一照到什麼，他心臟會受不了的。

桌上擺滿了超大量沒吃完的食物，都發霉壞掉了，結果他依然沒聞到食物腐敗的氣味，這現象又讓他起了雞皮疙瘩，但不知道爲什麼，在明知道好奇心會殺死貓的前提下，他還是想當那隻貓。

餐桌上壞掉的食物更多，這裡是住多少人？食物多到令人咋舌，而且他還看見垃圾桶裡有成堆根本沒吃完的東西。餐廳邊有扇門，從門縫下可以看見房裡透出閃動頻率極高的燈光，等他走近時，覺得那很像是電腦的光，因爲他打遊戲時，都會有一樣的光線。

以手電筒推開房門，門緩緩開啓，果然映入眼簾的就是好幾台電腦，至少五台螢幕的光線，在全漆黑的房裡格外刺眼，而每一個螢幕裡都有好幾個視窗，那全是各種遊戲帳號跟社群！

難道……杜書綸趕緊在手機裡輸入了訊息：「我到了。」

某台螢幕啪的跳動，出現了他剛傳送的訊息，接著系統自動打字：「請在外面稍等。」

果然是自動回覆！只剩這個帳號可以用或許是巧合，或許是對方忘了關閉帳號，但這裡已經沒有人了！

杜書綸緊張的退後，趕緊轉身就要離開，手電筒的光轉了九十度，一個男孩赫然出現在餐桌旁！

「哇！」杜書綸悶著叫出聲，驚恐得向後撞上了門框。

「好亮喔！」男孩遮住眼，哎唷的抱怨著。

人？杜書綸穩住重心，趕緊將手電筒移開，腦子一片混亂，「你……你誰？」

「買藥嗎？」男孩開門見山，「要多少？」

杜書綸一時反應不及，男孩卻走到電燈開關旁，從容的打開燈，餐桌燈亮起，簡單的黃色燈光，溫柔的照亮了這一角。

「對……一直沒有人來，所以我擅自進來了，抱歉。」杜書綸告訴自己平靜……平靜，「我剛剛也沒留意到你。」

「是我沒注意！我以爲交易都移走了。」

說話的男孩看起來才十一二歲吧？長相可愛白淨，一頭捲髮，是個可愛的小正太，那純眞的臉龐與清澈的雙眼，卻說著不相襯的成熟話語，有著巨大的違和感。

「你在賣藥？你未成年吧？」杜書綸只覺得不可思議！

正太翻了個白眼，「你要不要買啦？我很忙的，據點很多！」

「我第一次買，怎麼賣的？」杜書綸立即回應。

「一包五十，上限五包。」他比了個五，「你第一次買藥效會很神奇，應該不必到這麼多包……數量有限啊，我得分配著賣。」

一包才五十，果然好入手。

「就五包。」杜書綸即刻掏錢，小正太也從口袋裡拿出了五包即溶咖啡粉遞上。

一手交錢一手交貨，杜書綸困惑的看著即溶咖啡包，這是直接沖泡嗎？現在毒品這麼進步啊？不必吸食器也不必打針了？

正太仰頭看著他，眨了眨眼，杜書綸才發現正太果然是外國人，不說他皮膚白皙五官立體，而且有一雙……紫色的眸子？

「吸食器你得自己想辦法，應該用鼻子吸就可以了，聽說打針太快進入血液，效果代謝得也快，如果你想要藥效持久，用吸的就好。」正太好心提議，「但這個終究是毒品啦，能不碰就不要碰，一包有十克，但一星期內不可以吸食超過五十克喔！你……看起來也是學生啊，為什麼要吸毒啊？」

杜書綸立即把剛聽來的藉口用上，「提升專注度。」

「嗄？又一個？不會吧！都是為了那個什麼賭輸人？」

——咦——杜書綸愣住了，他沒想到從正太口中聽到了他的名字。

「有沒有可能叫讀書人……不是，杜書綸？」他試探性的問。

「不知道，隨便！」正太聳了聳肩，「反正大家都想更專心、讀更多書、考更高分，叭啦叭啦……」

「喔，我倒是不必……」

『因為，你就是杜書綸！』

低沉的聲音突然傳來，杜書綸整個人都傻了，因為聲音來自他的右後方……而他，正站在剛剛那間電腦間的門口！

裡面剛剛沒人啊！

他戰戰兢兢的轉過去，房內依然空無一人，發抖的手電筒遲疑著要不要舉起時，才發現其實電腦前的桌上，趴著一個人！

「哦？」小正太亮了雙眼，「你就是賭輸人啊！」

「讀書人比較好聽。」他還有空回他，下一秒倏地把手電筒往裡照，「誰！」哪位啊？那聲音他沒聽過，低沉還帶著點滄桑，喉嚨還像卡了痰似的。

趴著的人依舊沒有動彈，但是他全黑的身上……佈滿著蒼蠅！

杜書綸下意識的後退，因爲他看見蒼蠅正一層一層的飛起，離開那個人的身上，可怕的不是牠們停在某人身上，對方毫無反應，而是大量蒼蠅一批一批飛起，但那個人身上依舊還是滿滿的蒼蠅！

那邊有幾萬隻吧！

「走啊！」他看向正太時，孩子居然已經坐在了餐桌上！

「嗯嗯。」他搖搖頭。

大批的蒼蠅遮去了電腦螢幕發出的光線，漸漸匯集成一個人形，密密麻麻的蒼蠅組成的人，朝著他走了過來！

『給……我……』負責臉部那些顫動的蒼蠅，嘴巴甚至還開闔著，『把你的智商給我——』

啪！餐廳的燈陡然暗了！

「哇！」那像是開啓恐懼的開關般，杜書綸頭也不回的朝屋外奔去！

地上一堆雜物，但是他沒踩到也沒有絆倒，感謝他逼近相片記憶的記憶力，他跳過所有可能阻礙他的東西，卻在出門時，被那一點都不止滑的腳踏墊絆住了！

他簡直是飛出去的，從鐵皮屋門口飛出去，踉蹌的試圖想要穩住重心，最後還是跌了個狗吃屎！

手電筒飛了出去，杜書綸不敢停留，他倏地翻正身體，只看見黑壓壓一片蒼蠅鋪天蓋地的朝他籠罩而下——他的護身符、他的佛珠、他的武器！

杜書綸從口袋裡飛快的用戴有佛珠的手握住了手指虎，同時彈出了手指虎外緣的小刀，唰唰唰地往眼前的空間亂劃一通，他第一次發現，再厲害的凶器也不可能一口氣幹掉幾萬隻蒼蠅！

蒼蠅群們形成圓形包圍住杜書綸，直衝而去，卻同時再度撞上了無形的防護，許多蒼蠅們紛紛落地，更多的是直接彈飛！

高舉著手的杜書綸摀起雙眼，事實上他已經處在聽天由命的狀態了。

『我討厭你！我最討厭你！』

聽見咆哮聲的杜書綸，意識到自己應該還活著，他悄悄的睜開一隻眼，看見鐵皮屋上方，有一個人正趴在上面行走。

他嚇得以手代腳的拼命往後嚕，結果很快撞上了女兒牆，一點鐘方向就是樓梯口，但他想到那兒有滿牆的蒼蠅，似乎也沒有比較好……而且，屋頂上那個人還在爬行。

那是個人，落在地上的手電筒給了夠多光線，他可以瞧見對方看上去腫脹而且不像個活人，而且他全身上下都被蒼蠅覆蓋著，蒼蠅們飛來飛去，那個人完全不以爲意。

「你是……誰？」杜書綸戰戰兢兢的開口問。

屋頂上的人冷冷的望著他，朝著他張嘴嘶吼著，突然轉過身子，疾速的在屋頂上向後奔跑，然後跳了下去……他跳下樓了！

『我遲早會贏過你的！』

幾乎就在那個蒼蠅人跳下的瞬間，黑色的蒼蠅旋風從樓梯間衝出，彷彿是緊緊追隨著那個蒼蠅人而去般，垂直跟著往樓下衝。

杜書綸呆呆的坐在原地，雙腳不自覺的發抖，他緊緊掐著自己的大腿，扶著女兒牆緩慢站起身。

現在，他聞到了空氣中的味道了。

噁心得皺起眉，他把口罩繩子轉了圈，戴緊後還捏住鼻子，狼狽的爬向手電筒，拾起後重新走回那間鐵皮屋……食物壞掉的味道他還是聞不到，因爲這屋子裡有更可怕的東西。

那個正太依然坐在餐桌上，他紫色的雙眼竟在黑暗中發著光，杜書綸不敢再貿然前進，右手緊緊握著手指虎，不敢開口，因爲空氣中那股腐爛味太可怕了，他怕一張口，那味道會衝進身體裡。

「那是哪兒來的？你爲什麼有那個？」正太舉起手，指向了他手裡的手指虎。

杜書綸直視前方，那個電腦螢幕前趴著的身影。

左手緩緩舉高點手電筒……那是個體型很肥大的男人，覆蓋在他身上的蒼蠅已經盡數飛走，地上一片黏稠的液體，來自他腐爛分解的身軀，杜書綸甚至可以看見他崩壞的脂肪，條狀般的半掛在身上，這個人的死亡天數絕非一天兩天。

最早期的供貨商，早就死了。

男孩崩潰的坐在路旁，緊緊蜷著身子不讓任何人靠近，警車停在路邊與對面路旁。

「杜書綸！」喊叫聲傳來，緊接著是腳踏車落地聲，然後聶泓珈跑了過來。

杜書綸抬起頭來，二話不說起身緊緊抱住了聶泓珈！她略微一怔，旋即回抱，低聲說著沒事了沒事了。

「你要不要解釋一下，你爲什麼會跑到這裡來？」老李蹲了下來，「這裡沒人啊，孩子，不會迷路迷到這兒的。」

聶泓珈看著老李，憂心的張望，想找熟悉的臉龐。

「那個人是誰？」杜書綸反問起警方了，「他爛成那樣，死很久了吧？」

「是我在問你啊，同學！」老李不吃他那套。

於是杜書綸把頭一埋，又埋進了膝蓋裡。

聶泓珈繞到他另一邊去，也蹲下來安慰他，順便悄悄的把杜書綸剛剛塞進她口袋裡的東西放好，等等得藉機放進書包裡。

他把那個手指虎帶出來做什麼？

「人呢？」武警官的聲音總算傳來，伴隨著腳步聲走下那小斜坡，「沒事吧？」

「有事，那味道太噁心。」杜書綸悶悶的說。

「那是因爲腐爛的蛋白質黏在你身上了，回去得用檸檬洗洗身體……說正事吧！」武警官懶得蹲下，「到這兒來做什麼？」

「那個人是誰？他死多久了？」他抬起來，一副交換情報的樣子。

武警官皺眉看向老李，老李雙手一攤，他剛也沒問到什麼，還是看在小武的面上，這學生才講比較多話。

「你是目擊者，我……」武警官本想說什麼，最終放棄，「這整棟都是他的，曾經是化學老師，已離職很久了，這棟樓每一戶裡面其實都是提煉毒品的器材，甚至連樓上的盆栽也是原料。」

「絕命毒師啊！」聶泓珈眨了眨眼，「你怎麼找到的？」

製毒者？難怪正太會說的，數量有限，因爲沒人繼續製毒了！

「紫貝兩三年前就開始了，他那時到處打廣告，我只是挑了一個很久以前的訊息回覆，結果沒想到被秒回……你們去查電腦，他設定自動回覆。」杜書綸拿出手機滑了兩下，武警官的手機便收到了照片。

是他與賣家的對話紀錄，熱騰騰的一小時前。

「這種地方你也敢上去？而且……噁？」路過的警察都忍不住作噁，「六樓電梯門一開就臭成那樣了，你還……」

「我想去確定一下。」杜書綸痛苦的皺眉，「而且我一開始是沒聞到的……我鼻塞。」

他懶得解釋太多，反正聞不到就是聞不到。

「都爛成那樣你聞不到？」老李只覺得莫名其妙，「孩子，你可能要去看醫生喔！」

「我在現場還看到另一個人，有什麼痕跡嗎？」杜書綸對著武警官問，人那個字加重了語氣。

唉，唉唉唉，武警官頭又疼了。

「上面一片亂，足印這麼多都要取證，而且死者死亡的天數很久，不是那麼快能知道的。不過……」他知道杜書綸就是在等這個轉折，「的確有些印記是踏著屍液，因爲那個痕跡有點明顯，跟白家父母屍體旁的掌印或是爬行拖痕很像。」

該不會是屋頂上那位吧？也是吸毒者？但那個已經是另一個世界的人了，難道製毒者是他殺的？不太對，看屍體腐爛的狀況，製毒者死得更早，更別說缺毒的人殺掉供貨商豈不太傻？

回憶著那間可怕的場景，滿屋的垃圾與食物，連死者的桌上與腳下也處處是吃剩的垃圾，絕命毒師爛掉的身軀看上去還有快兩百公斤，腐爛的身子就是蒼蠅的糧食供應區。

「我很不舒服，我想回家了。」杜書綸靠著聶泓珈起身，但立刻被老李擋下。

「孩子，這麼大的事情，你得回警局好好說說。」他上前一步，朝警車那邊比劃，「女孩先回家吧？還是？」

「我……先回去。」聶泓珈知道，現在把身上的東西帶走是最重要的！「我回去幫你準備吃的。」

「我吃不下……」回想起那團腐肉的畫面，杜書綸只想吐，「妳回去跟我爸媽他們說一聲，讓我爸到警局陪我吧。」

聶泓珈點點頭，兩人緊緊的互握雙手，什麼都沒再說，但似乎又什麼都說了。

她轉身往腳踏車那邊跑去，後方的老李正在詢問著他有沒有碰屋內的東西，或是攜帶什麼東西出來？

「要嘛給你搜身？」杜書綸高舉雙手，大方的說著。

越過老李，他看著聶泓珈跨上腳踏車的背影，她頭也不回的疾速騎去，她知道現在她必須離這裡越遠越好。

因爲她的口袋裡，除了那柄手指虎刀外，還有五包像是即溶咖啡包的東西。

第七章

癮

THE SEVEN. DEMONIC BEINGS OF IMMENSE POWER AND PRESENCE. THEY WERE MONSTERS, BOTH IN BODY AND HEART.

書桌上疊了六、七本的參考書，男孩連制服都沒換，正迅速的翻著書籍，做各種練習題，他雙眼清亮晶明，所有的題目都能在未看完前便得知答案，振筆疾書，連數學物理也能快速理解並計算出。

寫完習題最後一頁，他闔上書本，把這本書擱到左側那一疊書上，露出了滿意的笑容。

「我的天！這效率也太好了！」短短三天，他居然可以做完七本課外習題冊。不但腦子清楚、記憶力超強，而且對於題目的理解更是突飛猛進，最重要的是即使白天沒吃藥，這些記憶力並不會喪失。

「這是聰明藥吧？」他小心翼翼的從抽屜暗格裡拿出剩下的兩包咖啡包，「如果加倍，說不定人人都可以是天才！」

叩叩，敲門聲起，羅鴻恭飛快的關上抽屜，門同時被打開一小縫。

「小恭，要不要吃水果？」

「媽，我說了不要吵我！」羅鴻恭向後仰著身子，只靠後面兩根椅腳翹起椅子，「好啦，我剛好休息。」

媽媽愉快的端著一盤水果進來，羅鴻恭匆匆清理出桌面，長吁一口氣。看著一桌的課本跟參考書，媽媽其實是心疼的。

「我們沒要求你成績，你不必這麼拼命吧？」媽媽相當心疼，「我只希望你快樂學習……」

「不行！我就是要爭那個獎學金！我只能是第一。」羅鴻恭打斷了媽媽的話，「我知道你們沒逼我，但這是我對自己的要求。」

「小恭，第一名不能代表什麼的……人外有人、天外有天……」

「我最討厭這句話！」羅鴻恭突然分貝拉高，「只要我想做，就沒有我做不到的！天才又怎樣！我靠努力還是可以超越過去的！」

唉，羅媽媽實在無能爲力，她以前就知道孩子好強，但不知道從什麼時候開始，他對成績有了過分的執著。

「別搞壞身體，我看你昨晚也沒睡！」媽媽最後只能這樣說。

「沒關係的，我不會累。」羅鴻恭咬下水果，心裡正得意，畢竟他有祕密武器啊！「媽，妳別擔心我，我知道我自己在做什麼。」

是嗎？羅媽媽一臉困惑，事實上她不知道兒子在做什麼。

成績不是不重要，但不該是這樣挑燈夜戰、拼死拼活的爭獎學金……第一已經不容易了，他卻要爭學年、校際、各種基金會，甚至S區的各項優等獎學金。

端走空盤，媽媽也只能叫他加油。

嗡嗡嗡……羅鴻恭顫了一下身子，厭惡轉頭看著，「家裡有蒼蠅嗎？」

「咦？什麼？」正要離開的媽媽回頭，「有嗎？在哪裡？」

「我剛聽見了啊……門先開著好了，得讓蒼蠅飛出去！」他顯得很煩躁，「不然我怎麼可能專心！」

媽媽站在房間裡環顧了一圈，至少現在沒有蒼蠅的身影，而且他們家怎麼可能有蒼蠅？

但她依言把門敞開，人便出去了，而羅鴻恭則找出電蚊拍，站在房間裡蓄勢待發。

嗡嗡嗡……嗡嗡嗡……沒想到聲音越來越多，居然不只一隻！羅鴻恭氣急敗壞的開始拿過資料夾到處揮動，希望把蒼蠅給逼出來！

好吵！這也太吵！他縮起頸子，這聲音活像是在他耳邊啊！

在哪裡？滾出來！滾出來！

嗡嗡……

吵死了！摀著雙耳的男孩蜷縮在狹窄的空間裡，曲著的雙腳上攤開書本，上頭是他自製的燈，他很想專心唸書，但家裡一直有蒼蠅，吵得他沒辦法看書！

最近家家戶戶都在抱怨蒼蠅多，家裡也買了黏蠅板，可是這聲音就像是餘音繞樑，三日不絕，令人心浮氣躁！

他小心的推開衣櫃門，吃力的爬了出來，再火速的關上衣櫃。

是的，他已經到了必須躲進衣櫃的地步了，因爲蒼蠅抓不勝抓，他小心翼翼的邁開步伐，因爲他的房間地上有好幾個捕蠅紙，桌上櫃子上都有，但也只黏到了兩隻，那麼這千軍萬馬的聲音哪裡來的？

沈柏儒厭惡自己的用掌根敲打著頭，吃藥獲得的專注度都被蒼蠅折損掉了，這多麻煩！最近也不知怎麼回事，一次只能買五包，這樣下去他怎麼能撐？

別的不爭，但學年第一他一定要拿到，好不容易死了一個吳茹茵，根本勢在必得，結果杜書綸從天而降，那他的第一豈不岌岌可危？仰頭看向滿牆的獎狀，他只要第一，第二都不行！

手機亮起，他拿起查看，意外的居然是……白學長？警察滿世界的找他，他跑哪裡去了？

「學長，你沒事吧？你……你爸媽出事了，你知道嗎？」

「我有藥。」

咦？沈柏儒緊張的往外瞧，現在是半夜一點，家人都睡了，應該不會有人進來。

「學長，用這個帳號講這個好嗎？」

訊息停頓兩秒後，對方突然發送一個定位，接著出現四個字：「先到先得！」

沈柏儒立刻抓過外套手機與鑰匙，悄悄的出了門！

白松齊原本就是校內的藥頭，大家最多就是心照不宣，他一消失害得大家拿藥都困難！不管目的是什麼，總之不能妨礙他獲得年級第一！這可是高中第一年啊，他的紀錄一定要保持下去！

定位有段距離，不過爲了藥，他踩腳踏車拼命往前，只希望其他人已經入睡，不要有人跟他一樣熬夜唸書。

路上沒有人煙，經過一望無際的芒草原時，沈柏儒下意識騎在中間，之前這裡的碎屍案令人記憶猶新，跟著出現很多關於……阿飄的傳聞，其實光是那密密麻麻的芒草原就已經很令人不安了。

逼近定位點，發現居然是靠近森林，也就是保護區那帶。

「這未免也太隱密了吧！」沈柏儒遲疑著，停在了一條小徑外頭。

然而，在二十公尺遠之處，有個人影朝了他揮了揮手。

學長！沈柏儒趕緊踩起腳踏車往前追去。

「學長！你知道你父母出事了嗎？」沈柏儒追上前就說，「大家都在找你，你在這裡做什麼？」

黑暗中的土石路難行，他索性跳下來牽著車走，拿起手機打開手電筒照著路，眼前的學長甚至還穿著制服！

「我在提煉藥。」白松齊領著他往裡頭走去，「你知道製作紫貝的人已經死了嗎？」

「……我、我不知道……」事實上他連誰是製毒的人都不知道。

「沒有藥的話我們怎麼辦？大家都是要拿第一跟獎學金的人，競爭這麼激烈，單靠自己是不可能的。」白松齊突然離開小徑，朝右邊有個小土丘上走去。

咦咦？沈柏儒一陣慌亂，但又不想把腳踏車留在這兒，只能硬著頭皮牽車上去了！他們是踩在草地跟樹根上走的，拖著一台腳踏車別說有多不方便了！

「我懂！我們班那個跟老師睡的死掉後，原本我應該是穩的，結果偏偏跑來一個杜書綸！」沈柏儒忍不住又抱怨，「不知道多少人恨死他了！」

「與其恨他，不如說恨自己爲什麼這麼笨還會輸人！我也是要專求第一的人，不只是各項比賽、不只是學年，我還要全S區的第一。」白松齊咬著牙說道，「本來就該是我的！」

沈柏儒沒敢接話，弟弟總說他對第一過度偏執，他應該來看看白學長，這才叫執著吧！白學長的確不只是成績優異，他參與的各項跟升學相關的比賽、科展等等也都是名列第一。

所以這兩天才聽見高二的學長卯足了勁在準備科展，因爲他們以爲白學長失蹤了。

「不過，學長……如果你都能自己製造紫貝……」沈柏儒婉轉的說，「其實有沒有第一似乎也不是那麼重要了？」

白松齊戛然止步，嚇得沈柏儒也停下，怎麼學長好像生氣了，全身散發著一股肅殺之氣？

「成績與學習，對於未來的發展、或是賺多賺少是沒有關係的你知道嗎？」白松齊的口吻相當冰冷。

「我、我知道……但是還是多少有用！」他開始結巴起來，不知道是天氣太冷，還是因森林裡太陰暗，或是學長有點嚇人。

「所以再多錢，也不能達到滿貫第一。」白松齊幽幽的回首瞪著他。

第一才是他執著的，與錢無關……沈柏儒不是不懂那心理，從好勝心開始，再到一種過度偏執，他也是其中一員，但是爲什麼學長讓他感覺更可怕。

「懂……我懂。」他嚥了口口水，他開始想走了。

冷冽的空氣中傳來一股異味，他有點遲疑，因爲低溫而開始竄起雞皮疙瘩，但是白松齊仍就在前方走著，都走十分鐘有了，而在森林裡的他，感覺四周都一樣。

「這裡能製毒嗎？不必器材或是電……」沈柏儒緩下腳步，他開始覺得不對勁了。

白松齊回首看了他一眼，眼神冰冷得嚇人，伸手指向了前方，「就在那裡。」

一閃而過的紫眸讓人發顫，沈柏儒心中警鐘大作，他覺得應該要立刻離開！

嗡嗡嗡……耳邊陡然出現蒼蠅聲，已如驚弓之鳥的沈柏儒嚇得踉蹌，他激動的找尋蒼蠅的蹤跡，這麼冷的晚上也有蒼蠅？牠們怎麼到處都是啊！

嗡嗡嗡嗡嗡嗡嗡嗡嗡嗡嗡嗡嗡……聲音越來越大，而且越來越立體，沈柏儒緊緊握著腳踏車，慌張的左顧右盼。

「學長，你有聽見嗎？這聲音……」

白松齊轉過了身，張開雙手，「是蒼蠅嗎？」

說時遲那時快，剛剛還好端端的白松齊在他眼前散、開、了！

「哇啊——」沈柏儒嚇得大叫，雙手一鬆，甩掉腳踏車就要往回跑！

可是他忘了他一路走來都是草地土丘或樹根，連一步都沒跨出去，狼狽的直接滾落在地！

他滾了好幾圈才停下，到處都撞得疼，連下巴都敲到了地面，撞得他頭昏眼花！他來不及爬起，就感受到鋪天蓋地的蒼蠅朝他撲來，甚至包圍住他！

「走開啊！走開！」沈柏儒趕緊揮舞驅趕，掙扎爬起，但蒼蠅不停的朝他身上撞，或停在身上遮去他的視線、或紛飛亂舞，搞得他抓狂的亂轉大吼。

然後，衝進了他的嘴裡。

呃……噁！

「咳咳！咳咳！」沈柏儒不停的咳嗽，因爲那隻蒼蠅不只卡在他喉頭，而且牠還在動！

蒼蠅身上的觸腳就卡在他喉頭間爬呀爬的，拼盡全力想咳出來，甚至張大了嘴想用手挖——但嘴一張大，更多的蒼蠅像是有導航似的，在黑暗中也能在空中匯集成一道黑弧，直接衝進了他的嘴裡！

「哇啊——哇——」沈柏儒歇斯底里的大叫，滿嘴的蒼蠅吐不出來又不敢咬，「學長！」

男孩狂亂的奔跑著，蒼蠅不只塞滿了他的嘴，開始有蒼蠅往他的鼻孔裡鑽進去、也飛進了他的耳朵裡，他甚至連慘叫聲都被蒼蠅淹沒，瘋狂的亂跑，終於絆到了樹根，啪的整個人往下栽倒滾去。

他掉落的地方，就是剛剛白松齊指著的下方。

「哇啊啊……」

那是一個深洞，他重重的摔在毫無彈性的人體上，因此激起更多的蒼蠅，他在坑裡扭動掙扎，漸漸的連慘叫聲都不見了。

黑暗的森林裡，只剩下不絕於耳的……嗡嗡嗡……嗡嗡嗡……嗡嗡嗡……嗡嗡嗡……

白松齊再度出現在上方的坑洞口，滿足貪婪的看著底下的屍體們，忍不住舔了舔嘴，學弟大意了，他剛剛不是說了，他在煉藥啊。

他們，就是藥啊……

妻承穎打工的餐廳並不打算把事情鬧大，對於那天跟洪偉邦母子的糾紛，只想大事化小，無奈……洪偉邦的媽媽並不是這麼想的。

咬牙，彎腰鞠躬道歉的妻承穎拼命在心裡自我催眠：這是工作、這是工作。

「我不要道歉！」洪媽媽一拍桌子，「道歉有用嗎？你們把我兒子弄成那樣，醫藥費、精神損失費，這些想用一個鞠躬就解決的嗎？」

「洪媽媽，所以我們打算給您禮券……」店長溫聲的說著，他也繃緊神經：這是工作，這只是工作。

「我要這些禮……」洪媽媽瞄了眼禮券，是免費兌換啊……她一把抽了過來，「這些券最多就是讓我兒子吃飯，但醫藥費呢？」

叮拎，玻璃門上的風鈴飄動，今天又是一身露腰短裙的陳詠歆踩著高跟鞋走進來了！

「醫藥費找我要啊，找他們做什麼？」

別鬧啊！店長朝婁承穎示意，辣妹是現在最不需要來亂的人。

婁承穎趕緊上前，試圖把她帶出去。

「妳！就是妳把我兒子弄到發炎的！」洪媽媽不可能不認識陳詠歆，氣急敗壞。

「對，我們來算帳，我也是明理的人。」陳詠歆根本沒理婁承穎，逕直走到洪媽媽面前，一隻腳踩上桌子，「這裡，被妳兒子丟牛排燙到的地方，我打算去做植皮，醫藥費你們負責。」

植皮？婁承穎愣了幾秒，看著她那個泛著微紅的小腿，好像……是不是有點小題大作？

「植什麼皮？妳又沒受什麼傷！」

「有啊，以後會有疤，我是一點點疤都不能留的！還有——你們班那些女生的醫藥費呢？」陳詠歆指向婁承穎。

不是……大家都說沒關係啊！婁承穎完全不知道該怎麼接話，今天的和解不該有第三者吧？

這邊還沒個結論，玻璃門再度被推開，敢情大家都沒看到「暫時休息」那幾個字嗎——李百欣帶著好多同學走入，甚至連聶泓珈都來了！

「同學，這件事讓我們跟洪媽媽處理就好了，其他人眞的不要再介入。」店長都快瘋了，語重心長，「各位那天的傷，我們也會做補償的。」

「用不著，又不是你燙傷我們的。」李百欣直接開嗆，「就妳一個喔？你那個肇事者的寶貝兒子怎麼沒來？」

洪媽媽突然臉色一變，但很快就站起身，氣燄囂張的嚷嚷，「別的不說，我就要三萬！」

「太扯了吧！妳兒子故意鬧事還想要賠償？」

「有夠不要臉！那我燙傷的醫藥費呢？」

「奇怪了，不是說讓警方調解嗎？爲什麼你們要和解？」

同學們你一言我一語的「助陣」，店家成功的被擠到了一邊，光是陳詠歆跟李百欣就快要以一擋百了。

杜書綸走在最後面，頻頻打著呵欠，他昨天在警局待到了半夜，眞的累死了，房間的玻璃窗還沒修好，也不敢回家睡，最後跑去珈珈家，睡在地板上，幸好一覺到天亮，但今天就是很沒精神。

不過，還有更重要的事想驗證，正在忙時，班群又再講今日和解的事。

「兩萬能讓洪偉邦吃多久？不如要個十萬吧。」他慢條斯里的走上一階略高的平台，來到了爭吵風暴的中間，「今天和解，沒跟著妳來凹一頓吃到飽，還挺不像他的作風。」

言及此，洪媽媽的臉色變得更加難看。

小邦已經……出不了門了。

「快點把錢給我。」她焦急的朝店長伸手要錢，「我不是要給小邦買吃的，他生病了，我要、我得帶他去看醫生！」

好笑的是，她連醫藥費恐怕都付不起了！

生病了？這話反而讓大家激起同情心，李百欣也不再咄咄逼人，周凱婷默默的往後退去，但陳詠歆可不一樣，她直接冷笑。

「生病就向受害者索取醫藥費，妳要不要臉啊？」她雙手抱胸，「世界上可憐的人這麼多，我們幹嘛幫妳？」

陳詠歆！婁承穎連忙扳過她，不要這麼偏激啊！

「他怎麼了？他……該不會吸毒吧？」聶泓珈終於主動上前，「就是包裝成即溶咖啡包的毒品。」

洪媽媽皺著眉搖頭，「沒有！我兒子才不會吸毒，他只是愛吃而已，只是……廢話少說，快點給我和解金。」

聽見聶泓珈提及毒品，陳詠歆可熟了，「紫貝可以減肥嗎？我以為就比較high而已！」

其他同學詫異的看向她，「妳……知道？」

「知道啊，我工作的地方到處都是……我可沒碰喔！」她這是對著婁承穎澄清的，還給了一抹甜美的笑容。

她的錢要存來買名牌新品的，哪可能浪費在那種東西上！

「洪太太，兩萬對我們小店眞的有困難，妳也知道現在物價上漲，我們……」

店長還在說，洪媽媽幾乎就快受不了了。

「一萬！一萬可以吧！給我一萬，我就不再鬧了！」洪太太突然變得非常心急，就是要立刻馬上拿到錢。

店長微蹙著眉，其實一萬正是他們能接受的價碼，他現在在猶豫的是，看洪太太這麼急躁的樣子，再拖一下，說不定還有降價空間。

「眞的嗎？」聶泓珈可不以爲然，「你們不會以爲她拿了錢，事情就到此爲止吧？」

「聶泓珈？」婁承穎不解的看著難得開口的她。

「這種事要找警方來做公證，而且事實上依照他們母子的個性，就算一切合法，他們還是想鬧就鬧的。」聶泓珈凝視著洪媽媽，竟頗有一種威嚇感，洪媽媽閃避了眼神對視，「沒事進來嚷嚷，恐嚇顧客，再不濟你們也會請他們吃飯。」

我、我……洪媽媽的嘴型像是想反駁，結果卻漸漸漲紅了臉，彷彿被說中了般，變得支吾其詞。

「稍微做一下功課吧，他們之前在T區可是赫赫有名，是搞到沒有店家讓他們進店，才搬來我們這裡的。」杜書綸早就已經查到了，「形影不離的狂吃母子檔，對吧！」

「但事情總是要解決的，拖下去也不是辦法，我們必須做生意。」店長嚴肅的表示，「不過同學說得沒錯，洪太太，我不能就這樣給妳錢，我們必須按照法律程序。」

洪媽媽的臉陣青陣白的，她哪能等啊！

「不行！等法律程序我哪等得了！」

「婁承穎！」店長朝他使了眼色，婁承穎匆匆到後廚去。

陳詠歆雖不滿店家做的決定，不過這是人家的店，只要沒欺負到婁承穎，她也不太在乎，她靠在一旁桌緣，擺弄起她的新行頭。

只可惜，聶泓珈他們都只是學生，對名牌毫無概念，就連李百欣也只是一句：很漂亮，就沒了。

「為什麼肥邦沒來？妳剛說他生病了，還好嗎？」杜書綸趁機主動發問。

洪媽媽沒說話，但緊繃著臉，卻一臉快哭出來的樣子。

他不好。

小邦在這短短一週內，變成瘋狂的進食者，他拼命的吃，除了睡覺時刻外都要吃東西，而且普通的東西是不能敷衍他，他要吃麵吃肉，必須是這些紮實的東西，否則他就亂扔食物。

家裡剩下的錢都快花光了，她哭著求他停下來，小邦像聽不見，只是一直吃、一直吃、一直吃。

婁承穎從後廚出來時，手裡抱了一大袋麵包，店長接過後，再將那袋麵包轉給了洪媽媽。

「我們知道您兒子食量大，在我們約時間簽和解書前，這些麵包先給他吃，麵包很能止飢的。」

洪媽媽並不想就這樣算了，但那袋麵包卻讓她遲疑，至少……至少可以讓補足食物量！她環顧四周，這些高中生比她還盛氣凌人，她今天應該是討不了好了。

「還有東西吃就要謝謝囉，休想得寸進尺！」陳詠歆冷冷的說，婁承穎有些不可思議的看向她，說話怎麼這麼難聽啊！

只見洪媽媽最後決定一把搶過麵包，二話不說的急匆匆往店外走去。

李百欣此時瞄向了聶泓珈，她正一反常態的挺直背脊，凝視著離開的洪媽媽，給人一種很颯的錯覺。

「珈珈？」

只見聶泓珈用力點了頭，洪媽媽身上被一股黑色氣息包圍著，而且她定神一瞧，那些是不動的蒼蠅！只有她看得見！

他們兩個說著沒人聽懂的話，立即跟著洪媽媽離開，同學們完全不理解，但是——他們可是跟聶泓珈他們經歷惡鬼生死局的人啊！

走！

「我、我去去就回！」連婁承穎都一把卸掉身上的圍裙，焦急的跟著張國恩後方出去。

陳詠歆瞬間被扔在原地，又氣又惱的急起直追，「婁承穎！你怎麼可以扔下我啦！」

她今天的班是八點才開始，本來想來跟他約會的耶！

一陣風似的。學生們就這樣離開店內，店長跟其他年長的同事們，忽然間有種虛脫感……呼。

「準備……準備開店。」店長無力的撐著桌面坐下來，「有夠累的。」

「店長，蒼蠅越來越多了，黏蠅板眞的不夠用。」

「再加！後門開關門時越快越好，別讓蒼蠅進來。」店長嘆口氣，看著門外熙熙攘攘的人群，「婁承穎半小時內沒回來的話，記他休假。」

「好。」

鄰里廣播器響起，里長交代大家週末要消毒，而且他們也有發放黏蠅板，歡迎居民前去索取，誰叫最近的蒼蠅眞的多到令人恐懼，光是聽見在耳邊嗡嗡嗡的聲音，就足以讓許多人精神崩潰了。

婁承穎的同學們個個都很嗆，不過店長內心是希望這件事眞的能到此為止，未來如果洪偉邦來店裡吃飯時，他們依舊會當客人對待……比這個更棘手，應該是這S區裡滿天的蒼蠅吧！

他拿著蒼蠅拍，看準了——啪！

洪媽媽騎著電動車趕回家，她不可能想到後面會有人跟著，她在回家前還用剩餘的錢再去買了飯跟麵，拎著大包小包的繼續往家裡趕。

「為什麼要跟蹤她？」坐在婁承穎後座的陳詠歆轉著眼珠子，「要威脅她嗎？這個我會，你們專不專業啊？我有人手喔！」

一票停在角落偷窺的高中生忍不住回頭看向她，專業人手？

「不是……我們沒有要威脅他們吧？」婁承穎趕緊小聲的問向前方的聶泓珈。她蹙著眉，看著身後的同學們，「你們為什麼跟著我們啊？」

「你們一看就有事啊！都同學多久了！」李百欣嘖了聲，一副同學互挺的模樣。

「兩個月又三星期。」聶泓珈幽幽的說，其實好像也還不到那麼熟？

李百欣翻了個白眼，眞的很難熟耶！雖然比剛開學時好了點，但聶泓珈還是那副拒人於千里之外的樣子。

「來了來了！」張國恩跟野餐似的，提了一袋地瓜球來。

因為洪媽媽在排隊的炒飯要等一陣子，他們在這裡也是等，張國恩便先去旁邊買個小吃來解饞。聶泓珈朝旁邊的杜書綸瞪著眼，看看後面啊，他們跟來幹嘛？

杜書綸正在觀察洪媽媽，回頭瞟了他們一眼……喔耶！地瓜球耶，他也要吃。

「對，是有點問題，但我們這麼多人會引起注意！我猜洪偉邦遇到問題了，而我們只是想幫忙。」杜書綸認真的看向同學們，「你們不需要跟來的。」

「跟失蹤的學長有關係嗎？」李百欣微瞇起眼，「或是沈柏儒？」

張國恩一愣，「沈柏儒，他怎樣？不是今天請假而已？」

「李百欣，妳說話好奇怪喔，跟學長有什麼關係？」連婁承穎都覺得怪。

「這幾天沒來學校的可不只白學長，二年級的王學長跟陳學長，還有我們班的沈柏儒！」她抿了抿唇，深呼吸，「我補習班跟他一班，比較熟，他媽媽早上就打來問我找人了！是失蹤、不是請假。」

聶泓珈倏地回頭，又一個失蹤了？

「為什麼……是在針對我們學校嗎？」婁承穎好訝異，但是一見到聶泓珈，卻覺得滿腹疑問，「聶泓珈，學生失蹤，跟那個吃霸王餐的又有什麼關係？」

「對啊，聶泓珈，什麼關係？」李百欣眨著眼，渴望一個答案。

「不只你們學校吧？我聽說別的學校也有喔！這幾天的事而已。」最無關的陳詠歆再拿顆地瓜球，「早上我才聽說什麼中學的資優學生半夜溜出去，結果也沒回家！只是新聞還沒報出來。」

她會知道，是因為那個學生跟她同一個社區啦，一大早就在那邊吵吵鬧鬧的，她可是早上才下班的人啊！真的吵死人了！

資優生啊，杜書綸回憶著剛剛李百欣唸的人名，都多少有印象……怎麼好像都是常常在公布欄裡的人？

「沈柏儒在我們班成績怎樣？」他問了。

「非常好！他當初是第二名成績入學的！」李百欣也是前十名的人，自然都知道競爭對手各有誰。

「不過杜書綸在，就是你了吧！」張國恩說得自然，笑得憨厚的把地瓜球再遞上。

杜書綸倒沒心情吃了，他乾笑婉謝，剛剛聽起來的狀況，像是資優生掠奪戰。

「快到洪媽媽了。」最前頭聶泓珈沒有放棄盯梢，雙眼沒離開過。

「喂，我們要跟著嗎？我想跟你吃頓飯的耶！」陳詠歆拉了拉婁承穎的衣服，大方的說著，「你知道平時我都捨不得花錢吃飯的，為了你我可是願意每天到你餐廳去！」

哎唷，哎哎哎……李百欣一副不懷好意的笑著，張國恩差點就要起鬨被杜書綸壓下，連聶泓珈都忍不住回頭瞥了眼，聽著都害羞。

「妳……妳……我……我那個……」婁承穎慌張尷尬的趕緊看向聶泓珈，

「沒有啦，我們只是普通朋友！」

聶泓珈竊笑著，給他一個加油的眼神，趕緊正首再看著洪媽媽。

「我說過我喜歡你啊。」陳詠歆倒毫不在意，「我很願意爲你犧牲呢！」

「就吃個飯用到犧牲也太誇張了！」張國恩忍不住吐嘈。

「我的錢每一分都很重要啊，我那是要存下來買包的！」陳詠歆邊說，立刻拿出手機秀出圖片，「聽說下個月就要出的新爆款，我得趕緊準備了。」

婁承穎定神一瞧，倒抽了一口氣，「一個包要這麼貴！這……妳不是已經有包了嗎？」

「不行！有新品出來我就要買，而且這是知名牌子！」陳詠歆相當堅定，「這個我一定要第一個入手！」

這次沒了Iris，她一定能是第一個。

那是聽不懂的世界，名牌這種東西，跟現在只專心唸書的他們而言相差太遠了，更別說誰有辦法花幾十萬買一個包包啊！

「走了！」聶泓珈突然撂下這麼一句，騎車就往前衝去。

「你們別跟了。」杜書綸一邊說，一邊看著正沉迷在手機照片的陳詠歆，若有所思。

同年的女生，也不過十五、六歲，有名牌新品一定要購入？全身上下都是大牌，她莫不是有品牌沉迷吧？

他追尋著聶泓珈後方趕緊加速，他都快看不到她了……可惡！再說一次，腿長了不起喔！

第八章

孵育蒼蠅

「太慢了——」

粗魯的叫聲傳來，連在樓下的聶泓珈都聽得一清二楚，她把腳踏車架好，小心的往門裡偷看，就聽見那近乎咆哮的聲音！洪媽媽兩手拎著東西用腳關門，門根本沒有關上，但她急到連檢查都沒有。

另一道煞車聲至，杜書綸訝異於樓下鐵門沒關。

「你不要搶！媽媽幫你弄！」

「我快餓死了！妳就只有買這些？」

怒吼聲清楚傳來，杜書綸哇了一聲，這寶貝兒子果然值得被寵。

洪偉邦的吼聲的確很大，但同時也是因爲他們家就住在二樓，而且……樓上的門只是虛掩，門口還擺了婁承穎遞給她的那袋麵包，感覺洪媽媽連好好進門都做不到。

他們推測得沒錯，因爲洪媽媽才開門，在門口等待許久的洪偉邦立刻一把拉開門，逕直搶過她手中的食物，就地立刻想要大快朵頤，經過一番拉扯，好不容易才把他帶到餐桌旁去。

「麵很燙，等會兒吃……先吃飯！」洪媽媽手忙腳亂的把五人份的羊肉飯倒成兩碗，分別擱到桌上。

洪偉邦二話不說抓過來就掃，以筷子猛掃進嘴裡，快到都讓人懷疑究竟有沒有嚼！

透過門縫偷瞄的聶泓珈緊緊掐著門，這態度實在令人非常不爽，杜書綸看著她用力到泛白的指甲蓋，朝她使了眼色：去啊！快點去教訓這種爛兒子！

聶泓珈咬著牙，扣緊門緣的指頭放了鬆：冷靜點，不關她的事。

洪媽媽無力的處理麵食跟雞肉，想著晚點端上桌，但這時洪偉邦立刻又喊著，「媽！其他的菜呢？這些我吃不飽的！」

洪媽媽端著麵往餐桌上去，交代著他得慢慢吃，麵非常燙，也不知道有沒有聽進去，洪偉邦隨口嗯了聲，立刻一次性夾起兩塊肉往嘴裡塞。

洪媽媽這才有心思注意自己門口落下的東西，把木門揭開一點，抱起紙袋時，瞧見了兩雙腳——咦？

「洪媽媽好。」杜書綸立即端出笑臉，「冒昧打擾，我們來找洪偉邦的！」他超有禮貌的笑著，一個閃身就進入了人家家裡，開朗的跟洪偉邦打招呼，「哈囉！」

他真的很強……不等洪媽媽回應，聶泓珈行著禮跟著走入，「我跟他一起的。」

「不是……喂，等等，你們怎麼可以這樣來我家？」洪媽媽大聲喊著，於此同時，對面鄰居的門突然一開。

「你們能不能安靜點啊？每天吵吵吵，要講話關起門來行不行？成天就是喊吃喊餓的，是餓死鬼投胎嗎？」

對面鄰居的聲音可不比洪媽媽弱，一陣劈里啪啦的，在餐廳裡那個囂張的洪媽媽，此時卻乖得似綿羊，不停的說著抱歉，趕緊把門關上，看來也知道鄰人難惹。

餓死鬼投胎啊！鄰人的回音在耳，說的還眞不差……杜書綸一進門就能看見餐桌上的龐大身軀，瞠目結舌！才一週不見……洪偉邦變得比上週更大隻了，這簡直像吹汽球一樣，至少胖了一倍！

比較可怕的是，他全身上下都長了小瘤狀的東西，是一顆顆皮膚凸起的東西。

「……洪偉邦？」連聶泓珈都不可思議，「才幾天，他爲什麼會胖這麼多？」他的肚子都已經蓋住了自己的大腿了！

「你們兩個……」

「他這樣正常嗎？才一週，是吃了多少？」杜書綸即刻轉向問洪媽媽，「妳是眞的應該帶他去看醫生！」

洪媽媽一怔，細眉緊皺，「我不想嗎？但我沒辦法，我拖不動他，也阻止不了他，不給他吃就鬧就砸東西……」

說著不禁一陣心酸，這陣子的痛苦瞬間就宣洩而出。

是啊，聶泓珈看著一屋子的混亂，每一個櫃子都被砸壞了，而且是肉眼可見的惡意破壞，滿地混亂恐怕洪媽媽也無暇收拾，因爲光應付那無底洞的食量就來不及了！從她跟杜書綸進門到現在，洪偉邦頭也不抬，光顧著往嘴裡塞食物。

「你家沒蒼蠅嗎？」杜書綸問出這個莫名其妙的問題時，洪偉邦居然停下了筷子。

他腮幫子塞得鼓鼓的，很遺憾一點都不可愛，看上去反而相當嚇人，因爲連他的臉上都被那些凸起的肉瘤遮滿了。

「什麼蒼蠅！把門窗關好！我討厭那些東西！」他語焉不詳的喊著，邊喊邊噴食物，「關好！」

「關著！所有門窗都關著，沒有蒼蠅啊！」洪媽媽還在哄著。

好臭！聶泓珈不住皺眉，洪偉邦渾身發臭，大概完全都沒洗澡吧，再加上各種食物的氣味，這個家眞是瀰漫著難以言喻的味道。

「他對蒼蠅很排斥，之前發生過什麼嗎？」聶泓珈輕聲問著，

「就……之前飛進來幾隻大蒼蠅，非常吵，那孩子受不了……後來趕出去就沒事了。」

其實什麼時候飛出去的她也不知道，只知道蒼蠅就這樣不見了，但小邦從此

很介意門窗，他喊著不希望再聽見蒼蠅的聲音。

聶泓珈眼神下移，洪媽媽不知道……在她眼中，她全身上下都繞著蒼蠅……

「他身上長了什麼嗎？之前看還沒有啊！」杜書綸再問，上週那個肥肥胖胖又緊實的皮膚，怎麼現在變成這樣了。

「我不知道，這一個星期來發生了我沒辦法解釋的事，那些瘤越長越多，他也越吃越多，到了一刻都不能停的地步！累了也是直接坐在餐桌睡……只有我出去買東西時，才會因為想要立刻吃東西，勉強到門口接我。」洪媽媽忍不住流淚，「我想帶他去看醫生，但我又不敢……」

沒有錢，而且孩子也不願意。

「我不要去醫院！他們不會讓我吃東西的！」洪偉邦邊說話時，又塞了一口肉。

「你吃慢點吧！你這種吃法胃不會爆掉喔？」杜書綸看著那吃相，真的是一言難盡，「你這種無節制的吃法，是在暴飲暴食你知道嗎？」

「你管我！我就是要吃，人生這麼短，為什麼不能吃爽爽？」洪偉邦瞇起眼的瞪著他們，「滾出去！」

杜書綸凝視著他全身的凸出物，為什麼這對母子沒有發現，那些皮下的肉瘤……似乎隱隱的在動呢？

「那你知道，暴食的代表動物是什麼嗎？」杜書綸突然往後退了點。

咦？聶泓珈看出他的動作有異，趕緊轉身再看向洪媽媽，包圍著洪媽媽身上的蒼蠅居然開始出現聲音了！

嗡……嗡……嗡嗡……

「你們在說什麼？請你們出去吧！」洪媽媽正忙著幫洪偉邦擦桌子，也下了逐客令。

但是當她靠近洪偉邦時，她身上那股黑氣瞬間全過到了洪偉邦身上。

「呃！」洪偉邦突然一震，像是噎住般的扶著喉嚨，開始試著咳嗽。然後，他皮膚下方那些小顆瘤狀物明顯的開始移動了！

「啊！」洪媽媽也發現了，孩子手臂上的瘤狀物竟然在遊移。

「啊啊……哇……」洪偉邦難受的在位子上抽搐，「媽！這什麼！媽……有東西在我的皮膚下鑽！」

他歇斯底里的喊著，驚恐的一把推掉滿桌的食物，試圖站起，但因爲皮下不明物的鑽動又跌回位子，掙扎著扭動身體。

「好癢……好痛！」下一秒，他抱著頭開始大喊，滿嘴的食物隨著大叫，掉得亂七八糟。

而他仰首大吼的臉上更加可怕，皮膚下的東西都在鑽動，而且它們是……撐著皮膚的！

它們要鑽出來！

聶泓珈趕緊從書包裡拿出了雨傘，洪媽媽哭喊著要他們上來幫忙，洪偉邦突然全身劇烈發顫，他雙手撐著桌面，在某一秒剎然停止！他撐到血紅的雙眼看著杜書綸與聶泓珈，而他的下眼瞼，有東西正在移動……

上移……上移，杜書綸親眼看著他的下眼瞼突出，然後從眼瞼內部的淚孔中，鑽出了細細的毛……

是蒼蠅。

一隻蒼蠅伴隨著鮮血，從他眼睛裡鑽了出來！

下一秒，洪偉邦全身噴血，無以計數的蒼蠅從他體內各種破皮而出——聶泓珈飛快的張開半自動傘，擋在了他們面前，一把抱過了杜書綸，兩人步步後退，退到了剛剛就看好的櫃子邊，雙雙蹲了下來！

「啊呀——啊啊啊啊——」驚恐淒厲的叫聲來自於洪家母子，而讓聶泓珈全身顫抖的，卻是落在他們傘面上的「雨點」聲！

噠噠噠噠！噠噠噠噠噠噠噠噠——那是蒼蠅們衝向他們傘面的聲音，整間屋子，迴盪著逼近震耳欲聾的嗡嗡聲！

嗡嗡嗡嗡嗡嗡嗡嗡嗡嗡嗡嗡嗡嗡嗡嗡嗡嗡嗡嗡

嗡嗡——

「哇啊！不要！哇救命！」躲在傘後的他們只能聽見各種碰撞聲，洪媽媽正在恐懼亂逃。

「開門開窗！」杜書綸大喊著，「必須讓蒼蠅出去！」

窗……聶泓珈朝自己左手邊看去，窗子就在她旁邊一公尺處，起心動念，杜書綸卻一把拉住她。

「杜書綸？」

「這不是我們該介入的。」他緊緊拉住她，只是讓彼此蜷縮得更小。

如果那堆東西可以把他房間的玻璃弄破，這裡區區幾扇玻璃應該也不是難事吧！

聽著洪媽媽的叫聲突然消失，接著有重物落地聲，他們都沒敢動彈，不知過了多久，那讓人雞皮疙瘩遍佈的嗡嗡聲漸息，但也沒有任何玻璃破裂的聲音，他們蹲在地上的雙手抖得互相打架，卻死命摟著彼此，把傘牢牢抓緊，生怕會被任何一隻蒼蠅攻擊。

只是當屋內靜寂時，也沒有哪一隻蒼蠅攻擊他們，取而代之的，是外頭路人對突然出現大片蒼蠅的尖叫聲與抱怨聲！

「聶泓珈！杜書綸！」

還有，樓下李百欣與張國恩的叫聲。

杜書綸緩緩把傘壓下，從傘緣偷偷瞄了一眼，就能見到滿屋滿牆的噴濺血跡，洪媽媽趴在往大門的地上，看不出生死，但至少身體看上去是完整的，而洪偉邦……

「珈珈，妳別動！」杜書綸扶著身後的櫃子緩緩站起，「閉著眼。」

鮮血噴得整間屋子都是，包括他們擋著的傘面，低頭仔細瞧，他的運動鞋尖也沾著鮮紅的血液跟組織，桌上除了未竟的食物外，還有一個仰躺著、癱在椅子上的人形物。

不僅體無完膚，而且臉部、身上到處是裂開的窟窿，洪偉邦像是炸開的！是無以計數的蒼蠅，從他身體裡鑽出來的痕跡！

「噁！」杜書綸忍著乾嘔，洪偉邦的死狀並沒有比製毒者差，但他身上的氣味比腐屍更令人作噁！

聶泓珈早就跟著起身了，她緊緊拉住杜書綸的衣服，看著眼前的慘狀，她與洪偉邦隔著張桌子面對面，甚至可以直視他敞開的胸口裡，那顆鮮紅的心臟。

「珈珈！我不是說……」

「我不膽小的。」聶泓珈睨了他一眼，「我只是想當透明人，不是膽子小。」

「逃避不也是膽子小的一種表現？」

聶泓珈臉色一凜，不悅的瞪著他，他實在很故意！別過頭就想走，但杜書綸一把拉住她。

「別動，我們別破壞現場，妳現在走的每一步，都踩著洪偉邦的人體組織。」

杜書綸已經拿出了手機，「報警吧。」

奧，聶泓珈默默找出口罩，多少擋點血腥味，空中瀰漫著羊肉湯、肉絲炒飯、肉羹麵、血腥味、洪偉邦身上多日未洗澡的汗臭味，還有他體內那股腐敗的味道。

這麼鮮紅新鮮的內臟，爲什麼氣味能這麼難聞？

她握著腕間的佛珠，「這個好像眞的很有效，至少蒼蠅沒有過來。」

杜書綸也舉起腕間的佛珠瞟了眼，但他下意識按了書包，他當然知道刀具實在不該帶去學校來，不過這就跟人人要上繳手機，他一樣會有第二支手機是一樣的道理，規矩就是拿來打破的。

那個手指虎，他隨身攜帶著，他總有一種奇怪的感覺，說不定手指虎更有力量。

「聶泓珈！杜書綸！在哪裡啊？」

「活著的話喊一聲啊！」

樓下的叫聲沒停過，張國恩可眞是不遺餘力，但聶泓珈一點都不想回吼，趕緊傳訊息叫他們別嚷嚷了！

「不動，我們不動，但不動沒辦法開門……好，我會想辦法盡量不破壞現場。」杜書綸掛上電話，觀察環境，這滿地的人體組織，根本無從下腳，他只能從櫃子上找些書啊紙張的，踩過去開門比較實在。

嗡嗡嗡……突然還有蒼蠅在屋內飛舞著，聶泓珈嚇得顫了身子縮起，看著那隻碩大的蒼蠅緩緩的飛到了餐桌上那碗已經被鮮血浸滿的飯裡。

「杜書綸，你有看過比蜜蜂還大的……蒼蠅嗎？」聶泓珈看著那隻蒼蠅，雙腳抖不停。

多大隻啊？大到這距離她都能瞧見那紫色帶金光的複眼！

「畢竟是惡魔的蒼蠅，不能等閒視之。」

杜書綸正踩著鋪出來的路前往門邊，順便蹲下來觀察側臉倒地的洪媽媽，留意到鼻前髮絲飄動，看來還活著。

嗯，合理，因爲洪媽媽不是蒼蠅的對象。

聶泓珈嚇了一跳，向右看著小心翼翼前進的背影，「確定了嗎？又跟惡魔有關？」

「八九不離十，惡魔中的暴食，對應的是蒼蠅之王，別西卜。」這次可是個大號人物啊……

他想起昨天那個可愛的正太，紫金色的眼睛，該不會是……

「又有人在用惡魔之書嗎？」聶泓珈想起那本惡魔之書！人類世界中流傳著一本惡魔之書，就是字面上那麼簡單，裡面記載著如何召喚出惡魔，與之簽定契約，助他完成願望！

前不久的咆哮屋事件裡，便是有人以惡魔咒陣、獻上祭品，召喚出憤怒惡魔薩麥爾！至於這種書到底是如何輕易能得到，杜書綸也很想知道啊！網路書店沒有啊！

「不會！」杜書綸立即否定，「無緣無故召喚暴食怎麼可能！」

「那或許是……」聶泓珈看著不成人形的洪偉邦，「暴食者吸引了惡魔。」

警車停了下來，杜書綸按下對講機開門鈕，再打開二樓的門，他剛剛也有通報患者，救護車也趕在一起到了。

「還有一種可能，記得那些色狼嗎？」杜書綸有些擔憂，「是那些惡魔強化了慾望，就像……」

這位寧可吃到撐死的洪偉邦。

如果眞的是惡魔的話……聶泓珈不安的看著臉色蒼白的杜書綸，那爲什麼蒼蠅要找杜書綸？

李百欣他們沒能進去現場就被趕走了，婁承穎也因為必須回去工作先行離開，那麼慘烈的畫面警方都不一定承受得住，也不該讓學生看。

武警官已經連問都不想問了，看著兩個在警局裡累到睡著的學生，心裡有些心疼。

他們兩個趴在桌上，幾乎是頭碰著頭而睡去的，身上的衣服雖未沾血還是被要求脫下當證物，原則上杜書綸已經沒有制服可以穿了。

「杜書綸，聶泓珈，」他輕輕搖醒孩子們，「起來吃飯。」

他才推杜書綸一下，連帶推動聶泓珈，她卻倏地彈坐起來，左手抓住了武警官的手腕。

雙方面面相覷，武警官驚訝的望著她，好凌厲的眼神！

「妳反應好快喔……」

「啊……抱歉。」聶泓珈嚇得連忙收回手，一秒低頭閃躲，該死的反射神經。

他想起了，之前在芒草原的案子時，那個臉被打到血肉模糊的性侵犯。

「我一直想問，妳是體育生嗎？」

「啊——」他們中間的杜書綸突然抬起頭，伸了伸懶腰，擋住了他們，「我累死了！」

「來！晚餐，我請客！」武警官連忙提了兩袋速食，「漢堡炸雞可樂，應有盡有。」

杜書綸開心的抓過桌上的袋子，但正準備想拿時，腦海中卻閃過了剛剛洪偉邦的死亡畫面……噁。

「書綸……」聶泓珈連忙輕拍他的背，「別想啊！」

「說得容易……我記憶力好啊！」他無力的垂下雙肩，是不是要慶幸桌上沒有紅肉？

「邊吃邊說正事，你們有沒有什麼筆錄外的事要跟我們說的？」武警官暗示的問著，「別以爲我會相信你那套，什麼想跟洪偉邦和解所以跟著洪太太回家！」

「也沒期待你相信，但你總是需要有個交代做筆錄啊。」聶泓珈正把食物一一拿出來放，「我們S區除洪偉邦外，還有誰是這種大胃王？不對……大胃王不等於暴食吧？他們只是胃很大。」

「類似大胃王直播嗎？」武警官即刻坐下開始查詢。

「不是！那種也只是拍片，要找的是『暴食者』，像洪偉邦那種，一切只為了吃，就算飽了繼續塞，不愛吃還會浪費食物那種。」杜書綸認眞的回憶著昨晚的爛肉，「製毒者那個老師應該也是吧，他體積也不小，光流垂掛下來那團脂肪就很驚人了。」

「暴食者……」武警官立即皺眉，「你現在說原罪的暴食嗎？」

短短兩三個月內，S區內發生的詭異命案，第一是色慾、再來是憤怒，現在是暴食……

「暴食、別西卜、蒼蠅，全部對得上。」杜書綸一邊說，看著蒼蠅飛進了警局，「整個S區都是蒼蠅，你們沒覺得奇怪？」

「正常人會先想到環境問題，不是惡魔。」武警官認眞的回應。

而聶泓珈卻瞄向杜書綸，他不是啊！卻有東西纏著他，而且蒼蠅也去找過他。

「我要眞能吃，我還怕長不高？」杜書綸知道她在想什麼，因為他也不太理解，找他的蒼蠅為什麼針對性那麼強！

「這種查一下就會知道，因為這些多半都是慢性病患者，洪偉邦在醫院絕對也有過紀錄，年紀最小的肥胖者。」武警官沉吟道，眉頭深鎖，「可是，這跟學生失蹤有沒有關係？」

聶泓珈嚇一跳，「我們班的沈柏儒眞的失蹤了嗎？」

「嗯，而且不只他，加上白松齊，已經有六名學生都失蹤了，但是——他們可都不是暴食者，個個都是品學兼優的好學生。」武警官眞的是焦頭爛額，失蹤案加凶殺案，現在又有自體炸裂案。

杜書綸盯著眼前的食物，聶泓珈還把吸管插好，連盒子都打開了，但他腦子不斷重複蒼蠅鑽出洪偉邦眼睛裡的畫面……唔！但是再噁爛，也不能傷害身體——杜書綸抓過雞塊，直接塞進嘴裡。

「洪媽媽如何了?應該……沒事吧？」聶泓珈試探的問，武警官表示只是昏迷，「果然，她不是蒼蠅的目標。」

「現場超慘，洪偉邦全身上下都是窟窿，而且他的胃直接裂開，所有跟胃酸混和的食物渣流了一地……」

「驗一下，我猜裡面應該有蒼蠅卵。」杜書綸咬了一口雞塊，突然有點不適。問題是，蒼蠅是怎麼在洪偉邦體內產卵的?他生吞蒼蠅嗎?

「別形容了，武警官，我們在現場看過了！」聶泓珈虛弱阻止，「我是覺得如果蒼蠅是針對暴飲暴食者的話，那得抓出個標準……」

「不是，暴食不是針對眞的暴飲暴食。」武警官打斷了他們，「是耽溺。」

什麼!?杜書綸咬著吸管愣了住！

「耽溺？是說像洪偉邦完全沉溺在食物中嗎？」聶泓珈試圖解釋，是通的。

「對，這是唐恩羽的解釋……昨天我就打給他們了，結果他們沒空，還說你們能自己解決。」武警官說到你們時，食指是指向杜書綸他們兩個的。

聶泓珈拿著薯條都呆住了，杜書綸差點沒嗆到，「我們？」

「不愧是默契的青梅竹馬啊！」武警官還有空稱讚，「對，你們！他們姐弟倆說你們都撞鬼兩次了，經驗值差不多了。」

「那是惡魔啊，別西卜大人好嗎？」杜書綸雙手抱頭簡直不敢相信，「我是高一生，會唸書，但不是專幹這個的啊！」

「我也不會啊！」武警官顯得非常可憐，「你知道我們警局忙翻了，光是那些資優生失蹤案，警局人手根本不夠，根本忙到焦頭爛額了……」

資優生、暴食、蒼蠅、耽溺……杜書綸突然打了個寒顫，不會吧？

「天哪！」聶泓珈知道那表情，她跟著起了一股惡寒，「是毒品嗎？」

杜書綸雙眼亮了起來，欣喜的看向聶泓珈，「妳果然懂！」

「耽溺有夠文雅的，說穿了就是沉迷，過度沉迷的意思吧！洪偉邦對食物執著到不管不顧，放任自己身體胖到不健康仍然我行我素，甚至想用碰瓷的方式凹餐廳，但一方面又會浪費不愛吃的食物！」聶泓珈倒抽一口氣，「毒品就不要講了，誰不沉迷毒品！現在這個新型的紫貝——」

「但是毒品主打不會上癮。」杜書綸搖了搖頭，這部分他思考點與珈珈不一樣，「而且都賣快三年了，客人應該很多，但妳看看目前爲止，出事與失蹤的只有幾個人！」

「只有？」武警官嘖嘖出聲，「已經夠多人了，同學！按照你們的邏輯，除了白松齊外，難道其他失蹤學生也都吸食毒品嗎？」

杜書綸不耐煩的扯著嘴角，咬下一大口漢堡，「就不要裝了，紫貝到處都是，才多少錢一包耶！我打賭學校三分之一以上的人都吃過。」

聶泓珈飛快搖頭，她沒有喔！

武警官心涼了半截，這樣子代表接下來的屍體還會有多少？

「吃過的不算，要沉迷的才算……武警官，白松齊也吸毒嗎？」聶泓珈提出疑問，因爲剛剛武警官用了「也」這個字。學校對內只說白松齊父母慘死，他個人失蹤，沒有提到他吸毒。

發覺到自己說漏嘴的武警官尷尬不已，無奈的點點頭，「吸食器都找到了，我們懷疑他是因爲吸毒後產生幻覺，再把父母吃了，他父母是活活被撕開腹腔，內臟都被啃食的。」

「人類吃的？還是蒼蠅？」杜書綸挑了眉，抱持高度懷疑。

武警官臉色更難看了，「人類，齒痕已經對上了，就是白松齊。」

活活吃了父母的內臟!?杜書綸忍不住打了個寒顫。

「看來失蹤的白學長也是關鍵人物，得先找到他。」聶泓珈有些不能理解。

杜書綸陷入沉思，他不認爲所有接觸「紫貝」的人就是別西卜的目標，因爲一來沒聽過誰有明顯的上癮，就不算沉溺，二來搞出這一切的不是惡魔，應該是人。

他不是被什麼纏上了嗎？跟在他背後的好兄弟，聲聲喊著：給我，還有聚在玻璃窗外的影子，事情的起因向來是人。

「你沒有沉迷於任何事，但蒼蠅還是找上了你……或者說，有個能控制蒼蠅的亡者。」聶泓珈理了思緒，「有個亡靈執著於你。」

杜書綸苦笑一抹，「這樣就合理多了！吸毒的不一定是耽溺者，恰恰相反的是，耽溺者剛好都吸毒。」

「說人話。」武警官懶得猜。

就在這時，老李急匆匆的從外頭走來，「哎唷小武，你還坐在這裡？又有一個學生出事……」

他嚷嚷看向桌旁的學生，一臉錯愕，「怎麼又是你們？」

「失蹤嗎？」

「歇斯底里的傷害父母，剛被綑起來送醫，一直喊著有蒼蠅鑽進他身體裡！」

老李疲憊的揉著眉心，「那個製毒胖子的案子還在走，分了好幾塊才送進法醫室……鑑識人員根本不夠，必須跟外城調！」

武警官收拾桌上的東西，即刻準備出去，「你們吃完就走……拜託，直接回家！我有事再找你們。」

杜書綸立即把東西扔回袋中，誰要待在警局裡吃飯啊！回家坐在小庭院那兒不香嗎？

他們走出警局時，卻突然發現樓下的停車場，同學們竟在那兒聊天！

「不會吧，你們……」杜書綸哇了一聲，「等我們嗎？」

「廢話！你們沒事吧？」張國恩趕緊以拍打的順氣方式，檢查杜書綸的情況，拍到他肺都要咳出來了，「我聽說那肥豬爆炸了！」

「咳……咳咳咳咳！」杜書綸阻止不了他的手勁，還是聶泓珈攔阻成功，「別打了大哥，沒事也都被你打出事。」

「沒事就好，我們能幫什麼忙嗎？發生這些事我們也很不安啊！導師已經說了，沈柏儒確定失蹤了，而且又講了一次不要吸毒。」李百欣挑了挑眉，導師明顯此地無銀三百兩，應該是警方在沈柏儒家裡搜到毒品了。

婁承穎正看著在網上流傳的最新影片，「走開！跟我沒關係……救命啊，蒼蠅要鑽進我身體裡！牠們要產卵！」

聶泓珈好奇的湊上前，是剛剛老李口中的學生，他在大街上舉著菜刀亂揮亂喊，又哭又叫。

「這個都幻覺了！」

「又是蒼蠅，剛好集思廣益一下。」杜書綸乾脆發問，「這一星期失蹤學生有什麼共同點，因爲我們覺得這件事跟他們沉溺於某件事有關，但先把毒品排除，因爲『紫貝』不會上癮。」

「嗄？我又不認識那些人？共同點就成績很好啊！」

「毒品不算嗎？沉溺的話，我確定白松齊、羅鴻恭學長都有買毒。」畢竟那是婁承穎親眼所見。

「好強、成績優異，都是拿獎學金的常客，而且彼此也是競爭者！」李百欣直接列舉，「我們班的沈柏儒之前跟吳茹茵在國中就是競爭對手、白松齊跟另一個高二學長也是不停較勁，全校的獎學金方面，是羅鴻恭跟白松齊兩個人在爭。」

聶泓珈忍不住皺眉，「別告訴我，認眞想拿獎學金也是原罪……」

杜書綸愣了一下，緩緩的看向聶泓珈。

「不是認眞想拿而已，他們是非拿不可，只要第一。而且剛李百欣說了我才想到一個共通點……」婁承穎咬了咬唇，「他們非常討厭杜書綸。」

所以，不是因爲單純想獲得獎學金是錯。

而是不擇手段，過度沉迷於拿獎學金，甚至不惜吸毒，才叫耽溺。

聶泓珈不可思議的瞪圓雙眼，緊張的看向了杜書綸——那找上杜書綸又是爲了什麼？

第九章

耽溺的人們

又是週末，上週婁承穎才在這兒慶生，遇到洪偉邦浪費食物的事件，這一週一切都不同了。

洪偉邦慘死，沈柏儒失蹤，那天他就坐在角落的位置，冷漠的看著發生的一切；並不是覺得他們冷漠有錯，沒有人規定一定得插手，就像想成爲透明人的聶泓珈也根本不想出面一樣。

只是當杜書綸差點被洪偉邦揍時，她親耳聽見他們覺得很可惜，他們討厭書綸，多希望他被揍。

聶泓珈是拿著店家給的免費劵來吃飯的，婁承穎依舊忙裡忙外的工作，今天生意沒有很好，因爲最近的失蹤案與命案，加上蒼蠅實在太多了，鄰里間週末都在大掃除。

她知道，其實這些蒼蠅跟環境沒有關係。

聶泓珈起身到餐點區，再盛裝了幾塊肉，眼神不自覺的往餐廳另一個角落望去，實在令人難以想像……洪偉邦還在吃。

那個角落晦暗陰森，有個龐大的身軀仍在不停的吃著東西，滿桌都是腐爛發霉的食物，可是那個洪偉邦頭也不抬的一口接一口的塞著；他身上爬滿了蛆蟲，牠們是從他體內生出來的，卵在皮膚裡、內臟裡孵化，再咬破皮膚鑽出來。

「有位置都可以坐喔！」婁承穎帶著某家人走到那張桌子旁。

父親望了望，「嗯……我們坐那邊好了！」

每個人天生都有磁場與直覺，許多經過那桌的人都會在遲疑後，避開了那個位置，因爲氣場讓人不舒服。

像她，根本連靠近那區都不願意，也只敢偷偷看著那不停吃著的亡靈，就怕萬一對上眼怎麼辦……洪偉邦在哭，他是邊哭、邊把那些食物塞進去的。

『我不想吃了，嗚……我真的……嘔……』，他塞食物塞到乾嘔，但手卻仍舊不聽使喚的繼續吃。

正在吃的是烤肉排，聶泓珈正首看著自己眼前的肉排，這正是上週被他丟得亂七八糟的食物。

「歡迎光臨！」玻璃門再度被推開，聶泓珈下意識的往門口看去，她當然在等人，不過進來的卻是那個辣翻的正妹，陳詠歆。

服務生笑著讓她隨便坐，笑容裡帶著小調侃，大家都知道她喜歡婁承穎，倒追到每天都來吃飯呢！

「咦？那個同學，你也在啊！」陳詠歆朝她招了招手。

聶泓珈回以微笑，默默的端著自己的托盤到角落去，而接到通知的婁承穎趕緊跑出來，面對天天出現的陳詠歆，他實在不知道該怎麼辦才好。

「我今天不吃吃到飽，我點麵。」陳詠歆選了張雙人座，「一份義大利麵加飲料，不要套餐。」

「吃這麼少？夠嗎？」婁承穎正用平板點餐。

「夠了夠了！我要開始存錢了！」陳詠歆說著，「反正自助吧就夠吃了。」

「存錢？」婁承穎皺了眉，「該不會是上次說要買的包吧？」

「對耶！你記得！我好開心！」陳詠歆眉開眼笑的。

所以她變瘦了嗎？聶泓珈的位置剛好可以看見她的背影，她這幾天瘦得多，氣色也不好，該不會都沒吃飯吧。

「妳……我每次看到妳都不同衣服不同鞋子，妳有這麼多了爲什麼還要再買？」婁承穎放下平板，正在勸告，「妳很漂亮了，妳的漂亮不需要這些東西堆積。」

「你覺得我漂亮嗎？」她喜出望外的仰頭瞅著他，「那什麼時候可以跟我約會？」

婁承穎無力的深呼吸，「陳詠歆，我是說……」

「不要說了！名牌是我最重要的事！最新款的名牌包我都要第一時間入手的！」陳詠歆口吻變得不太高興，「我也沒用到你的錢啊，不要管這麼多好不好！」

婁承穎深吸了一口氣，他的確沒立場說，但是看著她這樣爲了買名牌連正常吃飯都省，他就覺得這件事本末倒置了。

不過，他們只是普通朋友，他的確沒資格管，只是她很可愛，很像……以前的一個朋友，會讓他想起國中時期的青春。

轉身時帶著點慍怒，陳詠歆何嘗看不出來，但她不在乎，雖然她喜歡婁承穎，不過名牌還是放在第一位的。

抽過紙巾，把今天帶著的那個藤編包擱在桌上，這款藤編包造型的夏日包眞的很好看，在下一款新包出來前，她會只拿這款。

只要感受著大家羨慕的目光，想像他們討論著：爲什麼她會有，她就覺得非常滿意。

打開迷你包準備拿鏡子出來照，只是才一掀開，突然就有一隻蒼蠅飛了出來。

「哎！什麼……」她嚇得後縮，手拼命的揮，「討厭死了！怎麼在我包裡！」

她不悅的抱怨著，另一個服務生一見到蒼蠅趕緊過來，試圖把牠揮走，他們好不容易才防堵蒼蠅進入店裡，怎麼會被客人帶進來啊！

嗡嗡嗡……看著那隻蒼蠅飛向自己，聶泓珈趕緊把桌上的食物護好，順便抽起一旁的菜單，蓄勢待發。

好大隻，她突然一凜，這隻蒼蠅比蜜蜂還大，簡直就像……就像從洪偉邦身上鑽出來的那些一樣！

啪！她菜單一放，嚇得全場客人紛紛看過來，她選擇低下頭避開眼神。

服務人員謹慎的靠近，拿著酒精與紙巾，迅速的清理掉已經爆漿的蒼蠅，

「謝謝。」

聶泓珈頷了首，看著那碩大的蒼蠅時，心頭又一陣涼。

客人接二連三進入，她只默默滑著手機，直到有人滑進了她對面的座位。

「你怎麼那麼慢！」她一抬頭，卻突然愣住。

不是杜書綸。

「妳就是一年級那個不男不女的吧？」羅鴻恭說話毫不客氣，「杜書綸人呢？」

她看起來像男生，這已經是習慣的事了，但自己知道跟別人用這種爛態度說出來的情況是兩碼子事。

而且，羅鴻恭學長看上去非常不對勁啊！他雙眼都是血絲，掛著黑眼圈且眼窩凹陷，人也消瘦，氣色萎靡而且帶著不耐煩。

「你睡不好嗎？學長？」聶泓珈試探性的問。

羅鴻恭以掌根揉著眼睛，心浮氣躁的，「煩！煩死了……哇靠！」

他皺著眉看向桌面上的菜，只見所有食物上面都停滿了蒼蠅！

他嚇得往後推，椅子都被他推出尖銳音，他被嚇到般的後退，僵硬的貼在椅子上——吵死人了！又是蒼蠅！這些食物這傢伙怎麼吃得下去？

『放棄吧，羅鴻恭。』左斜前方的桌邊突然傳來訕笑聲，『你怎麼可能拼得過那個怪物！』

他倏地往左方看去，卻看見失蹤許久的白松齊竟坐在聶泓珈隔壁的位子邊，手裡夾著一包即溶咖啡包。

「拿來！拿來——」他突然暴走，直接朝隔壁桌上撲去，「把東西給我！」他伸手在空中亂抓，引起店裡一片騷動，婁承穎跟同事趕緊把趴在桌上「乾泳」的羅鴻恭給拉下來，而此時的聶泓珈已經縮到了牆角，不可思議的看著這一片混亂。

「學長學長！」杜書綸不知何時進店，雙手按著羅鴻恭的肩，「怎麼回事啊？」

「不知道，他突然跳上桌子……」

「吵死了！不要再吵了！」羅鴻恭吼叫著打斷他們，雙手摀起耳朵，這些蒼蠅簡直陰魂不散，爲什麼一直在他耳邊飛？

杜書綸向店員表示他來就好，婁承穎憂心的看向聶泓珈，珈珈都已經縮成一團，臉色慘白的盯著杜書綸……不，她盯著隔壁的空位看？

「珈珈？珈珈！」

「啊？」聶泓珈不安的轉回來，看向婁承穎時依然慌亂。

杜書綸挨著她坐下，有幾分困惑，「怎麼了？」

她搖著頭，頻率快到代表就是有事。

婁承穎還在工作中，也不能停留太久，即使很擔心聶泓珈，也只能回到工作崗位上。

「訪客不能待超過十分鐘。」他交代這麼一句。

聶泓珈不知羅鴻恭會來，桌下的腳輕踢了杜書綸，怎麼什麼都不說啊！而坐在杜書綸對面的羅鴻恭正抱著頭，緊皺著眉，痛苦不已。

「學長？」杜書綸倏地握住他的手腕。

喝！羅鴻恭如驚弓之鳥般的又向後退，只差沒整個人跳起來，但是一定神，立即伸手。

「東西呢？」

「你照過鏡子沒啊，學長？」杜書綸疑惑的蹙眉，「不是說不會上癮嗎？」

「你少囉嗦！東西呢？」羅鴻恭咬著牙，然後突然看向旁邊，「閉嘴！」

他們隔壁完全是空桌。

「學長，你吃多久了？你還知道誰有吃？」杜書綸慢條斯理。

羅鴻恭氣忿的緊握雙拳，咬牙切齒，「……你到底有沒有東西？」

只見杜書綸突然從口袋裡拿出一包即溶咖啡包，咻地又收回自己口袋裡，羅鴻恭激動的想搶未果，氣得又搥了桌面一下。

「你回答我想知道的，我就給你。」杜書綸沉下了臉，「你知道誰有在吃，白松齊？」

嗡嗡嗡嗡嗡嗡嗡嗡嗡……

羅鴻恭用力搥著自己的太陽穴，吵吵吵死人了！

「都……都有！」他痛苦的啞著聲，「白松齊原本就是學校的供貨者……他一消失，我們都沒貨了。」

「為什麼要吃？你們品學兼優，社團活動也都相當活躍，是好奇嗎？」杜書綸刻意頓了幾秒，「不會你們的好成績，就是靠這個吧？」

低著頭的羅鴻恭突地向上瞪著杜書綸，雙眼滿是怨恨，「都是因為你，非得拼過你不可！」

「真的為了獎學金？你們有這麼缺嗎？」杜書綸實在難以相信，「不要把錯推到我身上，搞得每一個人去買毒都是因為我。」

「那是榮譽，是只有我能得的，沒有獎學金的第一算什麼！」羅鴻恭雙眼裡載滿了渴望，「尤其如果勝過你，拿到獎學金，那有多爽！」

「你們對第一也太痴迷了……」杜書綸把即溶咖啡包拍在桌上，「送你，免費！」

羅鴻恭飢渴的立刻搶下咖啡包，接著又再度質問，「你只有一包嗎？其他的呢？」

「這我撿到的，哪還有什麼其他的？」杜書綸挑了眉，「學長，你該不會以爲我需要這個吧？」

杜書綸！聶泓珈直接用手肘頂了他一下，他說話老是這麼故意啦！果然成功激怒了羅鴻恭，他散發著怒意，怒氣沖沖的離開了餐廳。

「我又沒說錯。」杜書綸一臉無辜。

「你明知道他們這麼在意成績，還刻意刺激他們。」聶泓珈略鬆了手上的刀子，她剛剛可是緊張到握得死緊。

「誰刺激他們了？我說的是實話。」杜書綸起身回頭朝看向他們的陳詠歆打招呼，「我去洗手間。」

「杜……」

知道他不想聽，聶泓珈也無可奈何，她悄悄朝旁瞄去，剛剛學長並不是撲空上桌，因爲隔壁眞的有一團黑霧，可是現在已經……消失了。

沉迷於製毒的老師、沉迷於食物的洪偉邦都還能理解，畢竟前者製毒還販毒，後者也會浪費食物；但沉迷於獲得第一及獎學金，也能算是原罪嗎？

他們只是想要求好而已，只是因爲這樣所以才去吸毒……而杜書綸，聶泓珈不安的看著進入洗手間的他，完全不需要思考，這傢伙就是傲慢！

水聲是伴隨著嗡嗡嗡聲傳出來的，洗手間裡的杜書綸並沒有錯過，他只想假裝聽不見，快點洗好手快點離開這裡！

『杜……書……綸……』

他背脊一涼，直接全名也太犯規了吧！

餐廳的洗手間很小，一排小便斗加兩間廁間形成一個窄道，而洗手台在最裡面，與門呈對角線。

他小心的關上水龍頭，果不其然，嗡鳴聲開始增大。

這時不跑是白痴吧！他轉過身，就要直接往門口跑去，結果「磅」的一聲——他左手邊的廁間門主動打開！

「哇——」

大批的蒼蠅把門撞出，瞬間在他面前組成了一個人！一個人啊！

杜書綸嚇得踉蹌後退，沒兩步又撞回了洗手台！

那個蒼蠅組成的人像在打量著他，的確跟眞人一樣有頭有身體有手腳，甚至還在動，『給……給我……』

杜書綸下意識摀住口鼻，他擰緊眉心搖搖頭，給什麼啊？

啊！難道這個也要毒品？

蒼蠅一秒崩解，但是全朝著杜書綸衝了過來，他嚇得立刻蹲低身子，高舉著那天買的八卦鏡——啪！

『給我你的腦子！』

蒼蠅直接飛來把他手持的八卦鏡掃掉，手陡然一空的杜書綸整個人都傻了——這也太沒用了吧！

一股風從門口鑽至，似是有人開了門，讓即將衝向杜書綸的那片黑壓壓的蒼蠅們咻地衝上天花板，甚至撞破了甘蔗板，接著再垂直俯衝，盡數衝進了馬桶裡。

磅！馬桶蓋還因這股風勁蓋下，杜書綸狼狽得蹲在地上，曲著的雙腿抖個不停，幾乎都要不能呼吸。

那個八卦鏡五千塊耶！根本沒效！

他的腦子？這飲食習慣太迂腐了，眞的相信吃腦補腦嗎？

「杜書綸！」奔來的人，果然是進男廁也無違和的聶泓珈。

他感到手臂一股強大的力量將他拽起，抬首看向那短髮的女孩時，安全感眞的爆棚。

「我沒事。」他嘆口氣，不客氣的朝她肩頭靠去，「有妳眞好。」

「我看到有團東西進了男廁……」聶泓珈攙著他轉身要離開，路過剛剛那間廁間時，他們一股作氣跑出門！

好沉悶的陰氣，仍舊環繞在廁所裡，的確有東西一直跟著杜書綸。

「我看到蒼蠅人了，跟我要……我的腦子。」杜書綸只能想到這個可能，「吃腦補腦……吃掉我，可以變聰明嗎？」

「你認識那個蒼蠅人嗎？」聶泓珈有點緊張，因爲上週餐廳鬧事時，她在警局外就見過了。

「怎麼可能！」

那晚的蒼蠅人，跟蹤的是洪偉邦啊！

說得像是有個人，沉迷於食人腦似的……不，是只針對杜書綸的腦。

「你太招人恨了。」她暗暗下了結論。

是沈柏儒？白松齊？失蹤的學長們？搞不好對於杜書綸的攻擊與惡魔毫無關係，而是一個對他有怨氣的……鬼。

「怎麼了？」店長恰好經過，看見攙扶而出的兩人。

「沒事，他低血壓。」聶泓珈趕緊說明，杜書綸也趕緊自己步行，他沒那麼弱，就是依賴。

「不錯嘛，妳說謊也面不改色耶！」

聶泓珈睨了他一眼，煩！

杜書綸路過自助區時先行拿菜，聶泓珈回到座位上去，跑去救杜書綸時，她還沒忘在每個盤子上都蓋了紙巾。

婁承穎還在對陳詠歆苦口婆心，希望她不要執著於買包，要照顧自己身體，但女孩滿臉都是不耐煩。

『啊啊啊——我不要！救命啊！我吃！我會吃，不要——』

店的另一頭，突然傳來了淒涼的叫聲，聶泓珈嚇得低下頭，她不敢去探究對面發生了什麼事。

那個被鎖在位子上的洪偉邦亡魂，不是正哭著塞食物嗎？

直到杜書綸坐下來，她才抬起頭，某個瞬間餐廳裡變得明亮且氛圍舒適，再朝對面的角落看去，洪偉邦的鬼魂已經不在了。

「看什麼？」杜書綸好奇的回眸，他只留意到跟婁承穎撒嬌的陳詠歆。

只是都沒人留意到，一旁花架上有一隻碩大的蒼蠅，正對著陳詠歆的方向，虎視眈眈的看著她。

桌上擺放著已經涼透的咖啡，女孩坐在靠窗的桌邊，專注的看向對面，多怕一個閃神就會錯過。

手機不停的跳出訊息頁面，但她早開無聲，都說了突然不舒服要請假，喬妹一直吵也沒用啊……因爲她有更重要的事。

今天中午在餐廳吃完飯後，她盧到了跟婁承穎下午的小約會，她知道男孩目前只是把她當朋友，但無所謂，只要每天都出現，早晚會喜歡上她的。

他們也不做什麼花錢的事，四處逛逛，吃碗冰聊聊天，婁承穎是那種爽朗的男孩，雖然他都談學校裡的事，可她聽著還是很喜歡，畢竟她是個遠離校園的人了。

不過開口閉口都會提到「珈珈」，這倒令人有點煩。但再煩，也不及他叫她不要亂花錢煩。

買這些名牌怎麼會是亂花錢呢？這可是她人生的意義啊！他難道就沒注意到，走在路上時，多少人都在瞧她？不只是她的青春美麗，還有身上的行頭，識貨的，目光都會停在她手上的限量包款。

眞是個直男，哼！

晚上各自回去上班，結果卻在路上……就在對面那間貴到爆的餐廳外，看見了最近她心心念念的新包——連代購都買不到的東西，居然被一個女人拿在手上！

下個月才會在國內開賣，她就是爲了這三十萬的包在存錢，結果那個女人卻有了！

那是個老阿姨，看起來就是個有錢人，假掰優雅的拎著那只包進入了餐廳裡，她站在走廊上往裡瞧，可以看見那阿姨談笑風生，手上還有大顆的鑽戒在那兒閃耀，但那不是她要的！

她要那款新包，那是屬於她的。

所以她來到可以看見那間餐廳的咖啡廳裡，點了杯再喝會胃痛的咖啡，就這麼死死盯著對面，絕對不能錯過！因爲她剛剛問了代購，代購根本不能保證能買到，而且廠牌都還沒開放預購，目前只是名人預訂而已！她才不要等！

她就是名牌！她永遠都得是那個閃耀名牌的陳詠歆！

時間差不多了！她匆匆離開了咖啡廳，她不能等那個阿姨離開時再趕過去，她必須自己掌握機會。

來到高級餐廳門口，學著那假掰阿姨的樣子，老人家們說那叫優雅，對她來說就是假！年輕就是本錢，好不容易有一身名牌，走路不囂張點給誰看？

「歡迎光臨。」才靠近餐廳門邊，居然有服務生爲她拉開了門！「請問有訂位嗎？」

「我找人，我剛看見她了。」陳詠歆輕聲說著，「我一下就出來了！」

「請問是找哪位呢？」服務人員再問。

「那邊！」她留意到洽好有位紅棕髮的女人看向了她，立刻揚起手打招呼，這招一向有效！

對方下意識的也回以微笑，也舉起手來動動手指，陳詠歆即刻自然的走了過去；服務生確定她是找人後，也沒有過度阻攔。

「妳是……」紅棕髮女人當然困惑。

「有人拜託我給妳一個驚喜的，妳等我一下。」她佯裝親暱的附耳在女人耳邊，接著趕緊朝洗手間走去。

紅棕髮女人完全錯愕，不過內心竊喜的看向對面的男人，男人也一臉困惑的問說妳認識的嗎？她卻只覺得對方在裝蒜，驚喜呢！

陳詠歆疾步走到洗手間時，恰巧看見「阿姨」步出洗手間，兩人在鋪著金橘色地毯的甬道上相遇。

「對不起，我有一件很重要的事要跟您說。」陳詠歆動手攔住了女人，一臉神祕的順勢把她往洗手間裡推回去。

「咦？」女人反應不及，看見她那麼嚴肅的神色，加上現在是在餐廳內，也沒有太大的警覺，接著被推進了洗手間裡。

洗手間裡還有一位客人正在洗手，陳詠歆一臉嚴肅的朝女人示意等會兒，就這麼尷尬的直到他人離開，陳詠歆才上前將洗手間的門鎖住。

「小姐，請問這是怎麼回事？」女人這時感受到有一絲緊張了，而陳詠歆卻低首，看向了她手上的提包。

「借我一下。」她突然伸手向包，「妳不知道這個包藏有什麼祕密對吧？」

「……嗄？」女人狐疑的舉起包查看，電光石火間，一把被陳詠歆搶走，「喂！妳做——」

陳詠歆反手拿起洗手台上沉重的面紙盒，直接往女人的頭砸了下去。

女人當即一陣頭暈目眩，挽起的髮髻散落，她根本分不清東南西北，就被陳詠歆推進了廁間裡，她踉踉蹌蹌的扶穩牆壁試圖掙脫，迎頭又是一個重擊。

跟 Iris 一樣。

那天在酒店後場，Iris 拎著那款白皮藤編包閃耀出現時，她覺得她陷入了地獄！與 Iris 暗自較勁也不是一、兩天的事，她們總是爭相競爭看誰能把最新行頭穿戴在身上。

那天 Iris 對她擺出勝利的笑容時，她氣到快把牙咬斷了，卻還只能擠出微笑，說著她早買到了，今天就要去領貨。

但其實她買不到！能不能買到已經不重要了，拎著新款耀武揚威的Iris已經削了她的面子，她贏了！

Iris那天還把前一天拿的包丟給了喬妹，說過氣的東西不値錢，因爲她已經入手最新款了，喬妹笑得嘴都合不攏，那天一直巴著Iris不放，她這位好朋友就這樣被晾在一邊了。

「這不好買的，我的代購認識妳的代購，妳根本沒有買到對吧？」在後場只剩她們兩個人時，Iris不懷好意的瞅著她說。

正從置物櫃裡取東西出來的她氣得渾身發抖，卻還只能若無其事的否認，「說什麼？早到了，我沒去拿而已……」

「哼！妳再裝！」Iris關上了置物櫃，「小欣，妳還年輕，名牌用不著這麼多，錢還是省著點用吧！」

Iris晃著那藤編包朝她說再見，連背影似乎都帶著狂笑。

中間的事其實她都不記得了，回過神來時，Iris就跟這個阿姨一樣……陳詠歆低著頭，看向趴在馬桶裡的女人，潔白的馬桶已經染成了紅色。

Iris也是這樣，變成一朵盛開的玫瑰，鮮紅的，嬌豔欲滴。

「沒事的，沒事的。」陳詠歆喃喃說著，離開了廁間，她看著擱在洗手台上的新款包，那美麗的藍綠色光澤閃耀著，她露出了喜不自勝的笑容。

她把石頭做的面紙盒擱到水龍頭下沖洗，再放回原位，抽起面紙擦掉濺上臉的鮮血，沾點水就能擦除的，不急；今天身上穿了大紅花的小可愛，也不會有人發現上頭有多少是血，她瞄向旁邊的包，不由自主又笑了起來。

呵呵……呵呵呵……這麼美的包，當然得是她的。

陳詠歆穿上本就攜帶的黑色小外套，她把女人的腳推進廁間裡，將新包裡的東西全倒進馬桶中，好放入她的物品，然後好整以暇的關上了廁間門。

理了理頭髮，拿出手機，爲自己跟新包款自拍了一張。

她從容的走了出去，禮貌的對著服務人員笑，因爲披上了小外套，剛剛那紅棕髮女人甚至沒有注意到她，她就這樣走出了門。

拎著包愉快的走在路上，剛發了社群限動，讓所有人都看見她的新戰利品，按讚數不停的增加，留言更是各種羨慕，她就是那個名牌小公主。

啊，去店裡吧！好歹得給大家看看。

嗡嗡嗡……嗡嗡嗡……

「哎！」蒼蠅聲在耳邊響起，近到她厭煩的躲閃，「走開啦！這麼多蒼蠅煩死了！」

她立即伸手招了計程車，揮舞開煩人的蒼蠅趕緊坐上車。

而此時，那個紅棕髮女人壓不下好奇心，只覺得爲什麼剛剛那個辣妹去了這麼久，於此同時，女人的朋友也覺得友人在洗手間待太久，紛紛起身前往了洗手間。

「愛凌？」禮貌的敲著門，門栓是綠色的，但門推不太開，像有什麼卡住。紅棕髮女人假裝洗手，從鏡子看著敲門的人，抽起紙巾時卻發現紙巾都是濕的？她直接拿起盒子檢查，赫見內側的鮮血！

「用力點把門推開看看好了，我看門其實是鬆動的！」她也上前，協助將門給推開。

門未曾鎖上，只是女人的腳卡住了門，只要用力推一下，讓腳曲起便可以看見……那個整顆頭都在馬桶裡的女人！

「哇——愛凌！」朋友擠了進去，紅棕髮女人嚇得呆在原地，即刻轉身出去找人報警！

朋友焦急的試圖抱起她的頭，手才伸入她黝黑的長髮裡，就沾上了滿手的鮮血……甚至指頭還陷入了……裂開的頭骨中！

「哇啊啊……愛凌！」女人驚恐的尖叫哭著，同時服務生衝了進來，她不想讓朋友的頭在馬桶裡，只能使勁捧著她的頭。

經理上前協助她將女人的身體抱下，首要確定她是否活著，小心翼翼的將她的頭髮撥開，探向脈搏與呼吸，溫熱的身體裡，卻已經沒有絲毫的脈動。

啪。

小小的動靜來自女人微啟的嘴裡，經理留意裡頭閃過一抹紫金流光的口腔，他好奇的想湊近查看，女人倏地睜開雙眼，身子一顫：「嘔！」

嗡嗡嗡嗡嗡嗡嗡嗡嗡嗡嗡嗡嗡嗡嗡嗡嗡嗡嗡嗡嗡嗡嗡嗡嗡嗡嗡嗡！

女人抽搐的「吐」出了成千上萬的蒼蠅！

「哇啊！」整間女廁裡的人嚇得兵荒馬亂，蒼蠅強而有力宛如衝鋒隊，直衝進通風口，動靜大到震動了整個天花板！

所有人或哆嗦或掩面或抱頭，直到女廁裡沒了任何聲響。

女人的身子再次癱軟，咚的倒回了地上，再也沒了回應。

第十章

只能是我的

餐廳謀殺案不到一小時就登上了新聞，所有社群鋪天蓋地的刊出嫌疑者在監視器裡的影像，那衣服、那精緻的臉龐，婁承穎根本一眼就認出，正是今天跟他一起聊天的陳詠歆！

他簡直不敢相信，他們才剛分開沒多久，她怎麼搖身一變成了殺人嫌疑犯？

「據推測，這位女性嫌疑人年紀很輕，相當漂亮，打扮得很時尚，而她手裡拿的名牌包，超級大牌甚至尚未上架，目前僅供VVIP預訂，受害者是二十四歲的名媛，凶嫌將自己的包扔下，搶了受害者的皮包離去。」

「財物珠寶均無丟失，只搶走那款新包，是非常詭異的搶劫。」

看著新聞畫面特地放出來的名牌包，那正是陳詠歆心心念念的那款啊！

「婁承穎！」餐廳外傳來敲門聲，他們已經休息了，鎖上的玻璃門外人進不來！

但敲門的張國恩手可沒輕。

婁承穎茫然往門外看，才發現同學都來了。

「那是陳詠歆吧！到底怎麼回事？」李百欣衝了進來，「我看到電視都傻了！」

她緊張的吆喝張國恩一起前往餐廳，誰知路上也遇到了其他熱心腸的同學們，不約而同的都想來找婁承穎，關心一下辣妹的情況！

婁承穎不知道，他只能搖頭，「我知道她很想要買那款包，也在存錢，但怎麼可能會因爲那個包就……」

「你知道她現在在哪裡嗎？」

「去上班，但我不知道她在哪裡打工……」婁承穎腦子一片混亂。

大家都記得上週帥氣的辣椒女，所以這附近的同學也都過來看看，一直想著那樣的女孩怎麼可能會是嫌疑犯，這當中一定有誤會！

「聯絡的上嗎？」

「她沒接，訊息已讀不回，我……」婁承穎抬起頭，嚇了一跳，「珈珈！妳怎麼也來了？」

不意外的，門外就是杜書綸，他今晚有點不一樣，居然戴上了聶泓珈的鴨舌帽。

「得快點找到她，因爲……她過度沉迷於名牌，我早該想到的。」聶泓珈喃喃唸著。

「她的確非常沉迷，但不至於爲此殺人吧！」同學們都在情感相挺，沒人管眞相爲何。

聶泓珈看著婁承穎，眼神裡含了無限訊息，他繃緊身子，是不是珈珈看到什麼了？

李百欣突然拽了聶泓珈離開餐廳，神情嚴肅的秀出手機，「我找到她的ＩＧ了，才剛秀了那咖包，然後我翻她前面的照片……她可能在酒店上班。」

杜書綸微怔，「她未成年。」

「檯面下的事多得很，你看這間店，她在樓上拍照，那邊很多酒店，或許在附近上班。」李百欣觀察細膩，居然可以放大到陳詠歆瞳孔裡的反射。

那篇是準備上班的貼文，但是她在窗邊，後面的招牌可以隱約知道方位。

婁承穎一見狀況不對，趕緊也跟著走出，不安的看向杜書綸與聶泓珈。

「珈珈，妳說，陳詠歆是不是會有什麼事？為什麼你們……會這麼關心？」

他知道這話有點毒，但是想當邊緣人的聶泓珈，跟與陳詠歆不熟的杜書綸都出現了，這絕對有問題！

「她……她腳上有一雙手……緊緊抓著她，像被她拖行著一樣。」聶泓珈嚥了口口水，「但只有手，我看不到人。」

「換句話說，電視那個不是第一個。」杜書綸也是剛剛才知道，珈珈一直看得到陳詠歆腳上的那雙手！

他跟聶泓珈正在研究暴食，突然出現新聞頭條時，聶泓珈才說出來。

她原本想著那是陳詠歆的事情，但新聞一出，立刻聯想到她對名牌的沉迷！

「她……不可能啊，她跟我們同年！就才高一……」張國恩覺得不可思議，

「而且你們沒看到她瘦成那樣，哪有那個力氣殺人？」

「殺人跟年紀與體型真的沒有絕對關係。」杜書綸客氣的說著，已經跨上腳踏車，「只要有心。」

有心，就沒有做不到的事。

聶泓珈自是跟著急騎而去，婁承穎慌亂不已，轉頭回店裡拜託早退，而李百欣更是決定守護同學的「初戀」，因此也想去幫他找到陳詠歆……不管怎樣，她都覺得是個誤會吧！

那個又辣又正的正義女孩，怎麼可能會殺人？

「我們要怎麼找啊？找到她又能怎麼樣？」聶泓珈與杜書綸並肩，「我們那天在洪偉邦家，什麼都做不了啊！」

「我沒有要阻止什麼啊，我是想找到源頭！」杜書綸認眞的直視前方，「不管是人是鬼，或是又一個惡魔。」

「你現在很危險你知道嗎？有個想吃你腦子的蒼蠅人，你還想主動去找？」

這才是她最擔心的。

「珈珈，坐以待斃只會更痛苦！我不能每天提心吊膽，我也不想聽見蒼蠅嗡嗡聲就崩潰。」杜書綸深吸了一口氣，事情終歸要解決的。

聶泓珈緊緊握著龍頭，她知道書綸說得沒錯，她可以確定纏著他的是鬼，是有著無盡欲望、卻跟蒼蠅交纏在一起的鬼，幾乎是鎖定著書綸。

他們在廟裡求了那麼多東西，一定有可以用的！心誠則靈，她更加用力的握緊龍頭，抑制自己自心裡湧現的顫抖，想保護的人好多，但就怕自己做不到。

過往的失敗歷歷在目，但別人不管，唯獨杜書綸，她絕不放手。

酒店裡熱鬧非凡，酒酣耳熱，或唱歌或划拳，歡聲笑語不斷，有別於前頭的熱鬧，後場卻一片緊繃跟死寂。

陳詠歆跟沒事的人一樣，正對著鏡子擺出各種姿勢，不停的用手機自拍。

「好看嗎？」她突然朝旁一問。

「好、好看……好看！」喬妹嚇得連話都說不清了。

她看著陳詠歆手上拿的那個藍綠色大包，心都涼了半截，前一秒她們還在討論新聞，正覺得有誤會時，一回到後場，就看見她拎著當事包在這兒拍照了。

根本證據確鑿。

「……小欣，」還是薇姐沉穩，「妳這包哪裡來的？」

「跟一個阿姨要的。」陳詠歆覺得口紅淡了，還拿出來補色，「妳們說，國內都還沒進口，她居然就有了，這多不公平！」

「那個阿姨呢？」薇姐再問。

陳詠歆攬鏡自照，仔細的塗著口紅，「我不在乎。」

美鈴姐喉頭一緊，她已經從她衣服上瞧見了飛濺的血跡，而且她的耳後、頸子上都有。

「之前那咖包呢？就藤編白包？」美鈴姐跟著問，她與薇姐交換眼神，因爲她們都有一個很可怕的想法。

關於失聯的Iris，還有她生前拿的同款藤編包。

今天小欣可以爲了這個新款，毫不遮掩的進餐廳把一個人殺了，那麼那天先比她買到包的失蹤Iris，該不會……

「過氣了，有了這款新的，誰還要那款舊的，我送給那個阿姨了。」陳詠歆捧起藍綠包，甚至在上頭親了一個飛吻。

喬妹嚇得瑟瑟發抖，已經有人報警，警方應該就快到了啊！爲什麼還不來？

樓上的陳詠歆打開置物櫃，把裡面一個飾品盒拿出來，直接扔在桌上。

「拿去吧，那些都不是我的菜，我覺得Iris的審美很爛！」陳詠歆睨了一眼，她從置物櫃裡取出其他衣服，她打算要換一套新衣服，好搭配新包。

紅花上衣配藍綠色，眞的太不出挑了。

她拿了件純白洋裝，轉身進換衣格，薇姐即刻上前打開那盒子，驚愕的發現裡面都是Iris失蹤當天配戴的飾品，而且……每一件上都有已乾涸的鮮血。

她們的猜想或許沒有錯，那只白皮藤編包根本是Iris的，是小欣搶過來的……重點是：Iris呢？

「小欣！Iris還好嗎？我們只想知道她現在人在哪裡？」薇姐霸氣的上前質問。

簾子環狀拉開，陳詠歆換上純白小洋裝步出，她瞥了薇姐一眼，一臉：妳明知故問的神態。

「我不記得了。」她回到鏡前，再度拿著包自拍。

「……妳有病吧！」喬妹不知是否恐懼到了極點，情緒瀕臨崩潰，「妳怎麼會為了一個包殺人!?」

美鈴姐趕緊阻止她，雖然她們這麼多人，並不會怕小欣，但沒事不必引火燒身啊！

陳詠歆用著瘋狂的眼瞪著她，「這是我的，這只能屬於我的！」

啪！燈泡驟亮爆開，後場陷入一片黑暗！

此時在通往後場的戶外鐵樓梯上，一個白銀髮的小正太正坐在那兒，捧著一袋滷味享用，他俯瞰著下方駛過的警車，露出一個淺淺的笑容。

聶泓珈猛地打了個寒顫，她正看見一票密密麻麻的蒼蠅從她面前飛過，逼得她緊急煞車，然後看著蒼蠅往樓上飛……飛……

「就他！」順著她的視線，杜書綸順利捕捉到正太，連忙把車往鐵梯下停。兩個人大步跨上鐵梯，男孩從容的坐在那兒吃著滷味，還咂了咂舌。

「請問是，惡魔別西卜大人嗎？」有別於剛剛的焦急，杜書綸一秒變得謙恭有禮。

「這條街的東西實在不怎麼好吃，又貴。」正太認眞的評價著。

「誰召喚了您嗎？有什麼我們能做的，讓這一切都停止？」杜書綸謹愼的再問。

「我們並沒有暴食、沉迷甚至浪費，爲什麼要找他？」身後的聶泓珈指著杜書綸，口吻眞的稱不上客氣，因爲這些原罪他們兩個眞的都沒犯！

正太瞇起眼，越過杜書綸看向聶泓珈，就這麼幾秒時間，就足以讓杜書綸緊張的向左挪移身子，刻意遮掉男孩的視線，不想讓他那樣看著珈珈。

「我跟薩麥爾一樣，我們早就在這兒了。」正太聳了聳肩，「而且你們想法都太固化了，爲什麼一定是有人召我們前來？」

「什麼？」杜書綸又驚又疑，想起之前突現在芒草原裡的魔法陣，當時是不請自來的惡魔……但是薩麥爾的確是數十年前被召喚而出的啊！

他還想再追問，樓上卻傳來驚天尖叫！

「呀——」

磅！說時遲那時快，陳詠歆剛關上的置物櫃居然自動開啓，而且還是被一股強大的力量推開的！門鎖處都變形，裡面有什麼東西費力的推開櫃門！

一屋子女孩尖叫出聲，喬妹哭著轉身就往後門跑，所以樓梯上出現了慌亂的腳步聲。

杜書綸與聶泓珈雙雙正首，樓梯上卻已經沒有了正太的身影，只剩下那包還冒著熱氣的滷味擱在階梯上！聶泓珈不假思索的先行一步衝上樓，在一個轉彎直接被慌亂的喬妹撞上。

「哇啊！呀呀——」女孩歇斯底里的尖叫，聶泓珈耳膜疼。

「冷靜！冷靜！」她連忙搖著喬妹，清醒點啊！

餘音未落，杜書綸從她身邊上樓，她緊張的即刻把喬妹朝旁扔下，一把拉住了他的衣服。

「你搶在前面要幹嘛？你又什麼都不會！」她唸著，一腳跨三階的上去。

「我……喂，妳這侮辱性太強了吧！」

七樓玻璃門那側聚集了女孩，自動門失去電力只能硬掰，薇姐正努力推著門，聶泓珈一抵達，便從外面利用一小縫，使勁把門給推開。

「咦……」薇姐一愣，與她四目相對，「妳是……」

聶泓珈越過她往裡頭看，小小的房間裡由緊急照明燈照亮著，杜書綸客氣的請大家先走，女孩們話都說不全，只是試圖阻止他們進去，不過他們就是來找答案的，不可能輕易離去。

陳詠歆正站在房間中間，看著她被撞開的置物櫃，她想起前幾天從裡面試圖爬出的Iris，但此時此刻，她已經不怕了。

「妳死了就死了，我怕什麼！」她嘴上這樣說，可是每個聲音都在發抖，「妳那咖包，我已經扔掉了，因為我有最新的了！」

一隻手從櫃子裡竄出，扣著置物櫃努力的要鑽出，接著是第二隻、第三隻，杜書綸默默的打開手電筒，往房間裡ㄇ字型的鏡子裡照去，藉由反射光照亮整個後場。

當第四隻、第五隻手都呈放射狀伸出時，聶泓珈打了個寒顫。

每一隻細長的手上，都帶著毛，她對蒼蠅沒有研究，但、但是，蒼蠅會不會就長那個樣子——啪！電光石火間，兩根長長的鬚伸了出來！

媽呀！聶泓珈嚇得後退，杜書綸抱著她也跟著卡在門邊，的確不敢進入房間。

因為接下來，一個形狀渾圓飽滿的紫色複眼，已經從置物櫃中擠出來，剎。

巨大的蒼蠅複眼通過了窄小的櫃子門，更可怕的是，蒼蠅的複眼上，「鑲嵌」了一個穿著橘色衣服的女人，她有著一頭非常非常長的頭髮，還有呈V字型爆開的頭顱。

「……Ir、Iris？」陳詠歆身體像被定住般，動彈不得，不敢相信眼前的景像。

那隻快頂到天花板的蒼蠅，用雙手將她拉近口器前的這刻，她陡然清醒。

「哇啊！哇——」陳詠歆舉起手上的手機拼命砸著，轉身要朝門口奔來。

但她跑不動，因爲……陳詠歆吃力的想抬起右腳，但是有股力量正拖著她的右腳，緊緊抓著！

是那雙手。聶泓珈視線下移，再度看見那隻潔白的手，眞的死命的抱住她的右小腿，拖著向後！

「救命！救我——」陳詠歆朝著他們伸手，聶泓珈正遲疑著，只是往前傾了幾度——

啪！蒼蠅倏地振翅，伴隨著一股風流，巨大的嗡嗡聲直接穿腦！

「啊！」聶泓珈掩耳後退，杜書綸則目不轉睛的看著後台裡發生的一切。

蒼蠅把如吸管般的口器，直接從陳詠歆的頭顱插了進去！

兩人雙雙跌在外頭的平台上，那嗡嗡嗡聲魔音穿腦般的讓他們難以平衡，直到鐵梯上紛沓的足音、尖銳的警笛聲響起，他們仍舊耳鳴得厲害。

「……珈！聶泓珈？」李百欣握住她的雙腕，「怎麼了？」

其實她只看得見李百欣的嘴型，但還是聽不清，身旁的杜書綸也一樣，張國恩一把將他撈起，粗暴的也沒管他站沒站穩。

再來是慌亂跟來的婁承穎，他們這次一樣是認出他們的腳踏車才跟上，但其實他們路過這條路好幾次，卻一直沒見著他們的腳踏車，腳踏車彷彿是憑空出現的。

婁承穎看著這混亂，慌張的朝左邊半開的自動門看去，掠過他們就要去找陳詠歆。

不！不行……聶泓珈伸手拉住了他，痛苦的搖著頭。

「別進去！不行！」李百欣反應極快，「警察已經來了，你不能進去！」

「……爲什麼？怕我破壞現場嗎？」這答案只是讓婁承穎更加錯愕，「她死了嗎？她出事了嗎？」

婁承穎一把揮開李百欣，二話不說往裡奔。

還是體育健將的張國恩一把由後揪住了他的後衣領，讓他剛剛好卡在腳墊邊緣，沒踏進那慘不忍睹的房內。

陳詠歆癱坐在地上，背靠著她的椅子，鮮血橫流一地，而那年輕緊實的肌膚現在變得又皺又乾，彷彿一瞬間體內的水分被抽乾似的。她甚至還在抽搐，右腳啪噠啪噠的晃著，那已不是她的自主動作，純粹神經反應而已；同時有大量的蒼蠅覆蓋著她，似乎正在飽餐一頓。

而她剛搶到的那名牌包還擱在桌上，下頭還墊了張衛生紙，一滴血都沒有沾上包包。

依舊乾乾淨淨，閃閃發光。

警方抵達，焦急的封鎖現場，將閒雜人等全都清除，聶泓珈跟杜書綸因爲受到音波攻擊，平衡都出現問題，連走都不能走，真的是被攙到樓下去的。

「門關起來，不能讓蒼蠅跑掉。」鑑識人員焦急的說著，「牠們全是證物！」

鑑識人員小心的靠近癱坐的陳詠歆，乾癟得令人覺得不適，頭上的巨大窟窿更是讓人困惑。

『活該。』

坐在一樓鐵梯上的杜書綸顫了一下身子，背脊發涼，有個東西正在他背上低喃。

『你喜歡那種死法嗎？』

他揉著眉心，假裝沒聽到、假裝沒聽到……

冰冷觸及他的背，杜書綸咬著牙忍下，但好像有隻手緩緩摸上來，啪噠的攀住了他的肩。

『給我吧……我要你的腦子……』那聲音穿透了他的五臟六腑般，令他反胃，『你這種人憑什麼有這樣聰明的腦子，只要給我、只要給我……』

走——開——！杜書綸拚盡全力用力一揮右手，清脆的鈴聲響起，他向後揮臂，壓力頓時消失。

在一公尺遠的對面休息的聶泓珈一驚，那鈴聲是迷你法杖！她嚇得跳下某人的機車座墊，即刻衝到杜書綸面前。

「有什麼來了嗎？」她看著他手裡握著的，那是之前唐玄霖用來震懾厲鬼的！

杜書綸有氣無力的頷首，同時扯下了自己的右肩領口。

聶泓珈協助扯開領口，在杜書綸的肩上有明顯的五指痕印以及……發黑的水晶佛珠鍊。

「這些佛珠是不是沒有用啊？」她不解的問，「你都戴著鬼還能碰到你？」

她邊說邊去扯動佛珠，結果發黑的佛珠竟然頓成粉末，直接成灰，而杜書綸頸上的佛珠串便跟著整串掉落。

噠噠噠噠……珠子落了一地，由於杜書綸正坐在鐵梯上，還發出了清脆聲響。

「好像……也不是完全沒用？」杜書綸說不上來的怪異，佛珠不能擋下鬼，可是卻還是會發黑？

「不要開門啊！喂——關上！」樓上突然傳來緊張的叫聲，聶泓珈探頭而出，就見一大群蒼蠅從後台飛了出去。

杜書綸扶著扶手也向空中看去，那抹黑色如同會動的帶狀物般，即使在黑暗中也如此醒目，成群結隊的向遠處飛去。

成群結隊……杜書綸登時倒抽一口氣。

「走！」他飛快奔到鐵梯下，拉起自己的腳踏車。

「喂，你們要去哪裡？」李百欣正在安撫崩潰的婁承穎，見他們又是一驚一乍的，都快煩死了！

聶泓珈亦沒有一絲猶豫，扶車跟上，她知道杜書綸要幹嘛，蒼蠅是一切的線索，想知道一切，只有一條路：

跟著蒼蠅走。

鑑識人員推著屍體進入，有別於外面到處飛舞的蒼蠅，驗屍房這兒卻幾乎沒有蒼蠅的蹤跡，不知道能不能間接證實這兒很乾淨呢？

「連著啊！」法醫做著伸展運動，感覺今天要加班了。

「剛剛那個是受害者、這位是加害者。」鑑識人員指向稍早送來的女性屍體，「聽說就爲了搶一個包包，把人砸得頭破血流。」

「然後呢？才搶完沒一小時吧，怎麼也到這裡來了？」法醫上前，揭開了白布看了一眼。

陳詠歆躺在擔架上，雙眼死不瞑目，她的頭頂偏左側有個窟窿，拿手電筒照進去相當的深。

「被不知道什麼利器從頭底直接刺入身體裡，現場全是血跟組織液，從頭倒刺入，然後——」鑑識人員繞到擔架另一邊，揭開了她右邊大腿，「從這裡穿出。」

是個十公分寬的窟窿，斜斜貫穿了她的身體。

「不知道什麼利器？」法醫倒是覺得有趣，「直徑這麼大啊？」

「眞沒有找到，現場完全找不到這麼粗又這麼長的凶器。」鑑識人員非常無奈，「翻遍了所有地方，就是沒看到凶器，而她的置物櫃裡，反倒沾滿了她的血。」

法醫吃驚的圓睜雙眼，扶了扶銀邊眼鏡，這可真神奇。

「目擊者？」

「嗯，沒見到行凶過程，但有看到疑似凶手。」鑑識人員皺起眉，實在不知道該不該說這答案。

法醫正在檢視屍體，面對一陣沉默，好奇的抬首，「什麼啊？」

「蒼蠅。」鑑識小組按照那些女孩的說法，「置物櫃裡跑出一隻兩公尺的巨大蒼蠅，然後她們就嚇得奪門而出了，再回來時……」

法醫認真的凝視著鑑識人員，緩緩直起身子，將白布蓋回，露出一個淡淡的笑容。

「先歸檔，幫我推進去……孩子，去吃點東西，你可能血糖太低了！」

「我也知道，聽起來無敵扯的，但目擊者都這麼說。」鑑識人員聳了肩，準備將擔架推入停屍房，「走了！」

法醫搖了搖頭，蒼蠅咧！難道要說她頭部那窟窿是口器造成……嗯？兩公尺高的蒼蠅，口器刺入身體裡，先吐出液體將食物融解成液體再吸食的話，那麼死者體內的器官跟組織應該會被融解吧？

法醫哎呀一聲，得先去吃個糖，看來他可能也血糖低了。

鑑識人員將陳詠歆的屍體好整以暇擺放好，就停在餐廳受害女人的旁邊，再次確認腳底名牌後，打著呵欠走了出去。

呼……白布被吹得隆起，餐廳裡的女人掀被而起，優雅的坐了起來。

女人跳了下來，輕輕攏了攏長髮，幾乎就在轉瞬間，頭上的傷口全數消失，禮貌的把自己的白布給蓋回去，重新走回陳詠歆身邊揭開她的白布。

「一般的包也不差啊，非得這個牌子？非得第一時間拿到？」她俯身笑看著她，「那是個仿的啊，愚蠢的人類！呵呵……」

她逕自笑了起來，下一個地方該去哪裡呢……那些執著於第一的吸毒者們，不知道發展到什麼地步了！

女人走向了停屍間大門，沉重的銀色鐵門倏而開啓，女人卻在眨眼間化爲千萬隻蒼蠅，飛散而去。

那群蒼蠅不知道什麼時候不見的，杜書綸焦急的試圖尋找，但是現在區內到處都是蒼蠅，根本分不清是哪一群。

「怎麼辦？要不要找陰邪的地方，守株待兔？」聶泓珈認眞的問。

杜書綸吃驚的看向她，「謝謝妳喔，這麼貼心，還要特地找陰邪之地。」

「不然要等到什麼時候？你自己說的，事情速戰速決比較好啊！」既然她天生敏感，眞的看得見哪邊是陰氣重的地方。

「我最無辜好嗎！平生不做虧心事，夜半不怕鬼敲門個屁！」杜書綸嘖了一聲，最後只能妥協，因爲他的確好幾天睡不好了。

而且他一點都不想被蒼蠅吃掉，也不想在體內孵化蒼蠅，光聽見振翅聲就快把人逼瘋了。

聶泓珈調轉車頭，「我們去芒草原看看。」

芒草原。

是啊，連著在那邊發生了命案，還有被分屍成碎肉的人，哪裡比那邊更陰！即使是在家附近、即使是每天上下學都會經過的地方，現在不管何時經過，心裡都會隱隱發毛了。

人心眞的是很微妙的事，早在幾個月前，他可能還能跟珈珈一起跑進芒草原裡玩捉迷藏，或是到裡頭那些大樹下去野餐，但現在卻完全不會想再踏入裡頭了。

比人還高的芒草原，每次撥開時，都會提心吊膽。

「閉嘴！不要吵！我知道了！」

兩台腳踏車一轉進芒草原旁的產業道路，就聽見前方有人在那邊大聲嚷嚷。

「我警告你，你最好不要囂張！等我拿到藥你就知道了！」

一個高大的男孩坐在腳踏車上，他與他們同方向，所以右手邊是一望無際的芒草原，左手邊則是山壁，而他現在是「隻身」，對著芒草原的方向又吼又叫。

「是三年級的學長。」杜書綸湊近就發現了，那天在穿堂時罵他的一員。

聶泓珈刻意騎得快一點，因為學長身上還穿著制服，她大方的橫停在他面前，好看清上面的名字，喔！

「羅鴻恭學長。」她叮了一下腳踏車鈴，因為羅鴻恭眞的無視她。

這是她一直希望的：透明人嘛！但現在這情況一點都不好。

正朝著右邊在「吵架」的羅鴻恭愣了住，他正首看前，終於注意到有台腳踏車橫躺在他面前。

「學弟？你哪班的？」羅鴻恭困惑的問，他沒印象啊。

早上才見過，現在就不記得了？神智不清了嗎？

「學長在跟誰聊天啊，聊得這麼激動？」杜書綸緩速騎來，直接停在他身邊。

幾乎是一聽見杜書綸的聲音，羅鴻恭倏地轉過頭來，臉上立刻呈現厭惡，

「你這煩人的傢伙……哦，我想起來了，你就是一年級那個不男不女的！」

杜書綸毫不客氣的穩住重心，踹了羅鴻恭的腳踏車一腳，嚇得他趕緊雙腳踩地的穩住腳踏車。

「說話禮貌一點，什麼不男不女，她叫聶泓珈，是女生。」杜書綸打量了他，「比你還高、比你還帥、甚至比你受歡迎的女生。」

「這樣子不能叫不男不女？」羅鴻恭翻了個白眼，不，是紅眼。

他的眼白全是血絲。

面頰與眼窩都凹陷，黑眼圈深黑色，雙眼其實無神且不太對焦，看上去有點像重病患者。

「那是誰？」聶泓珈直接指向了羅鴻恭右手邊的空氣。

「你們不認識啦！」羅鴻恭回答得有理有據，「三年級的賴國碩。」

喔喔，也是失蹤學生之一，他們聽過，但真沒見過。

而且羅鴻恭旁邊沒有人啊！

「這麼晚學長要去哪裡？這裡已經是芒草原了，再過去只有產業道路，是連結到隔壁區，還有……國家公園。」

這時，那個杜書綸沒見過的學長正不耐煩的拍拍羅鴻恭，『你快點，藥有限，再慢就沒了。』

「我不跟你們吵了，我要去拿東西。」即使神智不清，但羅鴻恭還是知道要保留毒品兩字，「白還在等我。」

誰？聶泓珈瞠目結舌的看著羅鴻恭繞過他們，歪歪扭扭的騎走，簡直不敢相信剛剛聽見的。

「白松齊嗎？二年級失蹤最久、爸媽慘死那個！」聶泓珈相當詫異，「他沒失蹤嗎？」

「婁承穎不是說，他是學校的藥頭？父母死了都沒出面，還在努力賣藥……哇！」杜書綸忍不住鼓掌，「眞是個勤勞的孩子。」

「你酸給誰聽啊，他又不在現場，但是……製藥老師不是已經——」爛成泥了嗎？聶泓珈邊想邊打顫，她聽杜書綸機車的形容過那場景，眞的宛如親臨。

「書綸，我覺得白松齊也已經死了。」聶泓珈幽幽的，說出了有點悲哀的事實。

「什麼意思？」杜書綸緊張的繃著神經，珈珈的確比較敏感。

「那天晚上，蒼蠅撞破你玻璃那天記得嗎？」聶泓珈抿了抿唇，「我在後院看見他了。」

她是被嚇醒的，已經忘了做了什麼惡夢，但她驚醒時全身都冒著冷汗，屋裡氣溫極低，伸出手臂，汗毛根根直豎。

有一個聲音喊著：『給我……』口吻既怨懟又急切。

見鬼雖不到日常，但她從小已經遇過很多次了，她知道有東西在家裡或是附近，她走到樓梯旁面對後院的窗戶看去，看見杜家後院矮籬笆外，有個黑影站在那兒。

夜晚視線不優，模糊不清，但她確定有個人仰頭看著杜家二樓的方向，但他們兩家的格局是類似的，所以二樓面對後院的窗戶也只是樓梯平台處，但是再直直對過去，是杜書綸的房間。

接著，她就聽見玻璃碎裂聲了！

她沒敢下樓，所以直接衝回自己房間，從二樓順著屋簷爬過去找杜書綸。

「那個人是白松齊？」杜書綸緊張的追問。

「我不知道，那是個亡靈，相當模糊的一團人影，但是……穿著我們學校的制服。」

這點她還是能確定的，因爲S中的校服顏色有別於他校，他們是紫橘雙色的！

而那個時候，還沒有其他學生失蹤。

「我信妳。」杜書綸即刻看向前方越來越遠的羅鴻恭。

如果在白松齊已死的前提下，羅學長要去見誰呢？

「書綸，」聶泓珈調轉了龍頭，「那天晚上，我還看見了一條拖曳痕跡，從森林裡一路到你家後院。」

杜書綸無奈的掛上一抹苦笑，沉重的吐了一口氣。

「走吧，難得有人這麼青睞我是吧！」

走吧！

第十二章
跟著蒼蠅走

杜聶兩家是各自獨棟的木屋，當初甚至是一起蓋的，地處偏遠，附近完全沒有鄰居，後院更是一片青青草地，再進去就是國家森林保護區了。

兩家父親平時的愛好是打獵，也握有執照，聶泓珈也擅於打獵，但是面對鬼或是惡魔，帶槍眞的沒什麼必要，增加重量而已。

他們刻意把腳踏車分別扔在半路跟小徑入口，反正夜晚進公園騎車也危險，能讓人發現蹤跡就好，兩個人便徒步走入森林步道。

森林深處，越往裡頭走，越該害怕的其實是野生動物們，靠近馬路跟人群聚集地這邊還好，但是羅鴻恭打斜走上草地跟樹林間，徹底遠離了步道。

「拿好。」杜書綸從口袋裡拿出了手指虎，拉過聶泓珈的左手，「放在左邊口袋裡，隨時套上就用。」

冰涼的手指虎擱在掌心上，聶泓珈只有皺眉，「你明知道我討厭這個。」

「我們的命就靠妳了。」杜書綸一邊說，一邊戴起頭燈。

他們早有準備，一人一盞頭燈，才能保持雙手的靈活，聶泓珈把手指虎放進左外套口袋，而杜書綸則緊握著右邊口袋裡的迷你法杖。

這都是唐家姐弟送的，那天他書桌上就放著這兩個玩意兒，他已經懷疑那晚衝破玻璃的蒼蠅們不是因爲懼怕廟裡的護身符，反而是驅魔人留下的物品了。

頭燈打開，剎地有東西從旁逃開，他們緊張的煞住步伐，直到確定不過是松鼠才放心；頭燈照著前方跌跌撞撞的身影，羅鴻恭眞的非常不正常，走路都像醉酒似的，一會兒撞樹，一會兒跌倒，但總是可以火速站起。

而且，他對身後亮起的頭燈毫無所感，還一直在「聊天」。

「對了，我想說一件事。」聶泓珈突然嘖了一聲，「我覺得，我們被騙了一萬多塊。」

杜書綸無奈的看了她一眼，「我的錯。」

「我眞的覺得那些護身符沒有用、每樣都坑！」她忍不住咕噥，「你都遇到這麼多事情了，而且蒼蠅還能掃掉八卦鏡。」

「眞的，等這件事結束，我們去那間廟裡討公道。」杜書綸非常認眞，一萬啊！這對他們可不是小錢好嗎！

「他們不會理我們的，要先跟爸媽說。」聶泓珈可心疼了。

「妳戴上手指虎去就好了，我相信妳。」

聶泓珈沒好氣的瞪著他，眞是謝謝喔，她才不想再登上新聞。

他們越走越裡面，因爲是穿梭在樹林間，路都不成路，兩個有時還得相互扶持才能踩穩；反觀羅鴻恭，卻還是能走得挺平順的。

「事情要怎麼結束，你決定好了沒？」他們之間想辦法的本來就都是聰明的杜書綸。

「不知道，我想先溝通看看，希望別西卜大人能在，我非暴食者，請他高抬貴手。」杜書綸倒是挺樂觀的，「那幾個吸毒者，才符合別西卜大人的晚餐啊。」

「是那個可愛的小正太嗎？」聶泓珈想起鐵梯上的男孩，「好像有點……欺騙世人了。」

那個男孩超級可愛耶！一臉無邪就算了，長得俊俏又和善，一臉鬼靈精怪的樣子，還有一頭深紫色的頭髮……

「沒人會讓自己長得像蒼蠅的。」

煩！聶泓珈一個肘擊過去，就愛挑她語病。

上次遇到的惡魔是幾十年前就被召喚出來的，的確比較好說話，至少不會隨便對不相關的人出手，真的只針對憤怒者；但別西卜啊，這可是赫赫有名的惡魔，又刻意把自己弄得那麼可愛，真希望也能好溝通。

唔！杜書綸戛然止步，伸手阻止聶泓珈向前，聞到了嗎？

隨著晚風飄來一股惡臭，意識到後，味道越來越濃，他們雙雙戴起雙層口罩，雖然效用不大，可還是比直接聞到好那麼一點點。

「學長不見了！」戴口罩的工夫，一抬頭，羅鴻恭已失去蹤影。

聶泓珈就要追，杜書綸連忙扯住她，「不要跑！這裡路況這麼爛，知道方向就好了。」

方向，惡臭的方向嗎？

沒走幾步路，燈光照到了前方一台傾倒的腳踏車，有人也來過這兒？他們檢查著上面有沒有什麼線索，發現是他們學校的，因爲有腳踏車停車號。

「K12，是一年級的車棚。」聶泓珈回憶著失蹤的學長們，「……不會是我們班的吧？沈柏儒？」

「能牽車走到這邊都不太正常了。」杜書綸查看輪子，兩個輪框都已歪扭，徒步走過來就很難走了，更何況還牽台車？

「這裡！嘿！」

上方突然間傳來招呼聲，嚇得聶泓珈跳了起來，朝一點鐘方向的上方看去！約莫三十度的坡度，羅鴻恭出現在兩棵樹中間，笑呵呵的跟他們打招呼，眼神完全不對焦，儼然一副醉酒的姿態。

「差點以爲沒跟上呢，呵呵……」羅鴻恭逕往左看去，「我說了，會把他們帶來的！把藥給我！」

誰？聶泓珈下意識往前兩步，右手擱在身後揮了揮，暗示杜書綸躲到她後面去。

「學長，你又在對空氣說話嗎？你產生幻覺了！」杜書綸朗聲回應，與聶泓珈並肩走著。

她瞪著一雙眼睛看向他，走這麼前面做什麼？

『終於等到了。』熟悉的聲音在樹後響起，聶泓珈一顫身子！

就是這個聲音！那天在後院傳來的聲音！

杜書綸倒抽一口氣，雖然夾帶了嗡嗡嗡聲，不過與那天在窗外、腳踏車後、甚至餐廳廁所裡的，都是同一個聲音。

不算低沉，可是帶著點沙啞的男孩聲。

「快點把藥給我！」羅鴻恭大吼著。

說時遲那時快，一抹像尾巴的影子，唰地將羅鴻恭給往後打去，他就這麼消失了！

掉下去了！杜書綸驚覺到這坡後是個懸崖嗎？還是有落差？

來不及說什麼，一雙手從樹後出現，那個人是爬出來的……四肢又長又直，從樹後緩緩爬出。

不，是六隻腳，腳上甚至還有著細毛！來人弓著背，緩慢的爬行而出，身軀就像平常人一般，但他的巨大的頭上有不成比例的……紫色的複眼。

聶泓珈只覺得反胃，她緊皺著眉指向前方，「你還說沒人會讓自己長得像蒼蠅！」

「……妳開始變幽默了耶，珈珈！」

「杜書綸！」她簡直想尖叫！

難得看珈珈這麼生氣，他把那句「來猜他會不會飛」給吞下去了。

『眞是……不管過了多久你都是那麼討人厭。』白松齊抖了抖身體，『我眞的是太恨你了。』

嗯……這句話要素過多，杜書綸擰了眉，他們之前認識嗎？

『我一直在想，要從哪裡開始吃……』白松齊突然一頓，回過了頭，『不行，藥，我要先吃藥！』

啪的一轉身，白松齊竟跳了下去。

「哇——哇啊！」羅鴻恭的聲音跟著冒了出來，「救命！救我——」

還呆愣的兩人順著燈光，看見了黑壓壓的蒼蠅飛上天，那眞的是……難以計數的數量，完全是飛蠅驚林啊！

聶泓珈沒有遲疑的就往上衝，杜書綸還在想著剛剛那片是不是有幾百萬隻蒼蠅，難怪整個S區到處都是蒼蠅！

「慢點！珈珈！謹愼！」

「我什麼時候不謹愼了！」聶泓珈碎碎唸著，抓著地上的樹根俐落的朝上爬去！

最上方全是樹根，不小心容易絆住跟滑倒，而下方真的是個坑！她右手向後伸去，杜書綸抓著她的右手攀上來，經過數次反胃，總算看清楚下方的坑。

坑大約一人寬，不過看來極深，裡頭全是腐敗的屍體，他們看不出誰跟誰，只知道腐爛的屍體交疊在窄小的洞裡，唯一一個仰面向上的……腹部被撕開，現在被蒼蠅覆蓋著瞧不清，但死狀跟聽說的白家父母太像了。

「哇！這什麼!?」羅鴻恭看來是醒了，他全身都沾滿屍體的黏液與腐肉，恐慌的在裡頭又叫又跳，蒼蠅也隨著飛舞。

而跳下來的白松齊，伸出手就要壓住他。

「這根本蒼蠅培養坑吧！」杜書綸又乾嘔了幾次，「不是說聞久了會習慣嗎？」

「誰跟你習慣，嘔……」聶泓珈顫抖著身體，雞皮疙瘩爬滿身，「要不要救學長？」

杜書綸歪了頭，認真的沉思，「嗯……」

「救我啊！走開啊！哇——」羅鴻恭被白松齊直接壓倒，陷在另一具屍體裡，然後便被粗暴的撕開衣服。

「哇，這是我免費能看的嗎？」杜書綸還害羞起來了。

聶泓珈翻了個白眼，隨手拿起手邊的樹根石塊，直接狠狠的往白松齊的身體扔去！

啪噠噠——長一公尺的巨大翅膀頓時開展，啪噠啪噠的掀起了風！

他眞的有翅膀！

杜書綸與聶泓珈雙雙因對方的展翅而嚇到，跌坐在地，實在不敢相信眼前所見。

白松齊倒是沒有立刻過來，反而是更飢渴的再度把要爬起的羅鴻恭壓回去，『……給我！給我藥！』

杜書綸相當困惑了，白松齊到底是人？還是鬼？

「別愣了！救人啊！」聶泓珈持續把手邊抓到的東西往下扔。

「救……妳看我像是能救人的模樣嗎？」杜書綸抱怨著，但一轉身就往來時坡滑了下去。

白松齊被砸中後，忿怒的轉過來瞪向她，距離夠近，聶泓珈才能發現他其實不是人了吧！因爲他的臉跟身體也都在腐敗中！這是什麼屍變嗎？

『給我……』他用兩雙手壓住了掙扎的羅鴻恭四肢，剩下一雙手就要撕開他的肚皮，『快點……把藥給我……』

藥！

「我有藥！」聶泓珈靈光一閃，突然大喊，「你要紫貝對吧？」

她刻意凸起左邊外套口袋。

白松齊立即轉過來，那巨大的複眼讀不出他的情緒，但可以感受到可怕的壓力。

「你吃掉同學就是爲了藥嗎？那你……爸媽也是你吃掉的嗎？」聶泓珈扶著樹幹緩緩站起，眼尾瞪著坑底的羅鴻恭，他卡在那邊不動是做什麼！走啊！

爸媽……白松齊的頭略低，他其實不記得了。

他現在滿腦子只有兩件事，一個就是他餓，他要持續服用那些毒品，再來就是吞掉杜書綸的腦子。

眼前的景象是重疊的，白松齊看著聶泓珈，突然發現她也是個炸雞組成的人！

『好餓，我最喜歡脆皮炸雞了。』白松齊終於鬆開了壓住羅鴻恭的四肢，朝坑頂爬了上來！

白松齊倏地撲上，聶泓珈輕巧的閃躲到樹後，那顆大頭就這樣塞在兩棵樹中間，長滿毛的腳分別往兩旁勾動，試圖扣住她。

但她早就已經繞到其他樹旁，接過杜書綸扛上來的腳踏車，直接尋個縫隙把車子拋了下去！

「自己爬上來！」她大喊著，是說給羅鴻恭聽的。

然後她直接轉身滑下去，跟著下頭的杜書綸拔腿狂奔，準備逃離這裡，越遠越好！

珈珈！一股巨大的拉力猛然把她往後拉，聶泓珈差點向後跌跤，她不可思議的看向杜書綸時，卻發現他神情嚴肅緊繃的正視前方……

他們的前方曾幾何時有一堵厚厚的黑牆，密密麻麻的微微顫動，是那難以計數的蒼蠅們組成的！聶泓珈忍著噁心，原地轉了一圈，才發現他們早就被蒼蠅包圍了。

而上方，白松齊彷彿勝利者一般，再度登在最頂，瞬間加速的朝他們爬了過來！

那速度可以去參加競走比賽了！

「散開！」聶泓珈推開了杜書綸，他們不能湊在一起送死！

蒼蠅包圍著他們，卻沒敢近身，聶泓珈已經發現牠們是圍成一個圈，將他們包圍在中間，所以現在她只要跟杜書綸朝反方向跑，就能讓蒼蠅分散，而他們只要繞著中間這塊略高的區塊跑就好了！

但聶泓珈卻忘記了——白松齊特別針對杜書綸啊！

果不其然，一分開，白松齊毫不猶豫的直接朝杜書綸追去，人鬼眞的殊途，他跑再快也輸亡者，索性直接拿出口袋裡的法杖——叮！

喝！聶泓珈戛然止步，回首看著拉開距離的杜書綸，還有忌憚向後退的白松齊！

『那是什麼東西!?』他用雙手掩耳，身上那薄翅亂舞。

叮！杜書綸再搖，沒有再客氣的逼近白松齊！

聶泓珈一咬牙，往左方再度朝小土丘跑去，看看羅鴻恭爬上來了沒！

再多屍液，再黏再滑，就著腳踏車也能爬上來吧？聶泓珈爬到坑口一看，腳踏車立在壁上，不知道壓著誰的屍體，但羅鴻恭不在裡頭了！

說時遲那時快，右邊倏地一道黑影衝來，將聶泓珈推了下去！

「呀！」

珈珈！聽見尖叫聲，杜書綸心頭一緊，惡狠狠的拿法杖朝白松齊逼近，「你要的是我，你動珈珈做什麼！」

白松齊根本沒理他，他討厭那個法杖，他怕……他……他忽地振翅，朝他的食物坑飛去！

聶泓珈反應極爲敏銳的攀住坑口，不讓自己掉進那堆腐屍當中，她不可思議的看著站在洞口的羅鴻恭！

「不男不女的傢伙……」他睥睨著她，「就妳一直在礙事……杜書綸才會這麼囂張！」

他忿怒的找到旁邊的樹枝，一副想把她打下去的樣子！

聶泓珈一使勁，輕而易舉的就爬了上來！

「妳怎麼……」羅鴻恭看樣子非常清醒，錯愕的看向她。

「我怎麼？」聶泓珈氣勢洶洶的瞪著他，「不是所有人都會被欺凌……」

突然感受到壓力與振翅聲，聶泓珈直接伏低身體，飛回來的白松齊越過她頭頂，雙手直接把羅鴻恭推回了坑裡！

「哇啊啊啊——」羅鴻恭再度掉回屍坑，聶泓珈一個旋身藏進就近的樹與樹中間，「不要！你這……白松齊！你什麼東西！」

白松齊看向坑底，在他眼裡，撐著身子爬起來的羅鴻恭，就是包即溶咖啡包。

『藥……給我藥……』

「我才要跟你要藥咧！我沒有藥了！」羅鴻恭大吼著，「沒有藥，我怎麼能成爲那個第一！」

第一？白松齊忽地一顫，像是想起了什麼。

『不不——我才是第一！』

他撲了下去，聶泓珈即刻鑽出樹縫，要趕緊逃命去！

一鑽出去就遇到了爬上來的杜書綸，她嚇得緊緊抓住他，不停的搖著頭……

好想吐！她真的快吐了！

「珈珈，沒事！沒事！」杜書綸緊握著她的手，他在說謊，「我們走……」

嗡嗡嗡嗡嗡嗡嗡嗡……令人頭皮發麻的蒼蠅聲巨大且近在咫尺，杜書綸倉皇一轉頭，發現牠們縮小了範圍，現在把他們困在坑的周圍了！

「滾開！你不要碰我！」羅鴻恭拿著剛剛撿到的樹枝，正在與白松齊戰鬥，「都是你！是你害我染上毒癮的！」

『把藥給我！都給我！』白松齊咆哮著，這次用六隻手壓住了羅鴻恭，然後將口器插進了他的身體裡！

「呃——」羅鴻恭措手不及，他張大了嘴，簡直不敢相信，「……白……白松齊？」

這一刻，他彷彿才真正清醒。

有一大批的蒼蠅重新飛回坑裡，牠們品嚐著無盡的BUFFET大餐，一如白松齊正在吸收羅鴻恭一樣，口器就是吸管，將羅鴻恭體內的血液與內臟，全吸進了他身體裡。

「別西卜大人！惡魔別西卜！」杜書綸正握緊聶泓珈的雙手開口，「我不明白我犯了什麼錯，我不知道誰召喚了您，可以請教一下能把這傢伙弄走嗎？」

「不行啊！」

聲音陡然從正上方傳來，聶泓珈嚇得抬頭，高高的樹上，坐著一個雙腳擺動到很欠揍的正太！

「為什麼到我們這裡來？誰召喚了您？又想做什麼？」聶泓珈是帶著不爽的口吻問著的。

「別說得一副要召喚，我們才會來似的，只不過是有美妙的食物引誘我來。」正太用稚嫩的臉笑著，「一開始早說了，一週內不要服用超過五包，不超過五十克。」

咦？杜書綸詫異的發覺到，該不會絕命毒師的毒品跟別西卜也有關吧？

「難道是你……你教他提煉的？」

「只是材料提供而已，一般人不知道那種植物能夠幫助提高專注力……說好幫助學生學習跟改善什麼過動的。」正太聳了聳肩，「但是他果然越走越歪呢！」

「那是貪婪了吧？」聶泓珈難喃喃說著，跨界了！

「不……是不是因為他拿學生做實驗吧？只怕上癮的劑量也是這樣測出來的，他沉迷在他的研究中，無視於實驗體的死活。」杜書綸已經查過那個老師的歷程，因為那晚其中一個螢幕上有著分析圖表，「我查到兩年來陸續有幾件特殊生死亡案，都跟他脫不了關係。」

「做實驗……」聶泓珈沒想到杜書綸已經查到這麼多了，「難道一個月內不能吃五包是這樣實驗出來的？」

杜書綸點點頭，他是這樣猜想的，所以老師不是因爲貪，而是因爲沉迷於他想做的研究，或許目的是成名、不管是什麼，但他拿了太多人做實驗。

「一次販售五包，也是爲了這個劑量控制，但是——」杜書綸皺了眉，「他們都吸食過量了，所以才會上癮，甚至出現幻覺了吧！」

「上癮那可就是我的業務範圍了吧！」正太開心的笑了起來，「多好！孩子們都能吃飽呢！」

「但我沒有吧！」杜書綸發出抗議，「我根本沒在意這些啊！」

他轉向坑裡，白松齊仍在貪婪的「吸食」著羅鴻恭，而羅鴻恭似乎還活著，他正用凹陷的雙眼，看著在坑緣的他。

「沒，你跟我沒關係，但是……」正太看向了坑底，「那些人很在意你，那是亡靈自己的事。」

換句話說，對杜書綸的攻擊，純粹是白松齊的怨念！

「但是他這個……蒼蠅樣，是因爲您吧？」聶泓珈忍不住高喊，「是您給他的力量啊！」

杜書綸加重了握著手的力量，暗示聶泓珈小聲點，那是惡魔啊！

正太嘴角的笑容，突然消失了。

「抱歉，別西卜大人。」杜書綸即刻恭敬的低頭，「珈珈她不知道輕重，我們只是太害怕了！」

正太幽幽的重新望向遠方，雙腳再度開始擺動起來。

「這些都是我的好孩子們，每個都是孩子最愛的食物，給點力量怎麼了？」正太慢悠悠的說著，「我啊，最喜歡看你們人類為了點微不足道的小事，殺個你死我活了呢……嘻嘻……嘿嘿……哈哈哈哈！」

成績優異還不夠，一定要得到第一名跟獎學金，校內獎學金不夠，一定要得到全區的、甚至其他全項獎學金，因此對同學逝去幸災樂禍，更不惜吸毒提高成績，就為了贏過那些以後可能不會再見面的競爭者。

還有那些根本不在乎喜好，也不是很在意適不適合自己，只要名牌上身就是屌，還要是最快入手的人，不惜為此借錢、吃泡麵，甚至殺人。

明知道製作出的毒品可以助人也能害人，但卻以助人為名走上害人的道路，錢已經賺夠了就想要名，拿孩子當實驗也不在乎，每天窩在家中開始暴飲暴食、浪費食物、浪費生命都不在意。

而他最鍾愛的，當然是那個明明已經吃到胃快撐破了、還要繼續吃的男孩，最有趣的他還挑食，吃膩了就丟掉，無論是過度飲食或是浪費食物一把罩，只顧口腹之欲的人。

所以第一批孩子，寄生在這樣人體內，才能誕生出更強更大的蒼蠅，好好的繁衍。

「這不公平啊！有力量的惡鬼跟普通小人類！」杜書綸嚷嚷著，「這叫勝之不武吧！」

「誰跟你講公平？」正太彈指，「他該吃飽了……」

杜書綸往坑底一瞟，羅鴻恭已經像具人乾，白松齊正一臉饜足的神態，好像吸食羅鴻恭，就像眞的吸了毒品似的。

「我們身上有……可以突破蒼蠅牆。」聶泓珈把他拉了近，「至少逃回家！」

「不行，回家會牽連爸媽的。」杜書綸驀地扣著她後腦杓向前，「聽我的，珈珈……」

白松齊一躍而上，直接從杜書綸的背後發出突擊。

但正面對著他的聶泓珈怎麼可能給他機會，抓起早就準備很久的樹枝，就朝他的身體戳去，使勁向坑底再推去！

『杜——書——綸！』

杜書綸頭也不回，第一時間就揮動法杖，衝破了蒼蠅牆往下而去！

「你以爲我是什麼？我是別西卜啊，暴食之後是貪婪，貪婪之後便是虛榮，一定時間內吸收過多也會上癮。」

第十二章

暴食者

白松齊吸食羅鴻恭後，彷彿真的一併吸收了紫貝的藥效，那六隻手快得什麼似的，手腳並用啪的爬上了坑，『給我你的腦子！』

他沒有再朝著聶泓珈的方向去，僅僅展開多重羽翼，直接將聶泓珈打下去！

聶泓珈拼了命的不讓自己往屍坑裡跌，所以她刻意讓自己向後滾，一路上都是樹根石頭，疼得她幾乎站不起身！

「你已經死了！吸毒把自己吸死了，你要我腦子做什麼？」杜書綸的聲音漸遠，「別西卜，這個靈魂超暴食的，您宵夜時間到囉！」

嗯哼。樹上的正太踢著的雙腿漸慢，反而看向了很遠很遠的地方。

聽著法杖的金屬碰撞聲還響著，聶泓珈咬牙撐起身子，她的背痛到有點發麻，但是她得快點站起來，書綸那傢伙除了腦子外，樣樣不行啊！

以那個隆起高地爲中心，杜書綸朝著反方向奔去，白松齊在上頭以四腳狂奔，正猙獰戲謔的嘲笑著杜書綸的無能爲力，人鬼力量的懸殊。

『你以爲我在乎那個嗎？』白松齊驀地從上方跳撲而下。

叮！杜書綸立即朝著他揮舞法杖，讓白松齊展現了一秒閃躲九十度的特技，『你——』

嗡嗡嗡嗡嗡嗡嗡嗡嗡……伴隨著他的怒不可遏，屍坑裡的蒼蠅刹時起飛，又發出那種令人不適的巨響，逼得才起身的聶泓珈又是一陣陣的打顫，掩耳跪地。

龐大的蒼蠅大軍直衝杜書綸而去，他壓低了帽簷，不停的揮著法杖，只顧著專心往前衝！

蒼蠅殺至，牠們或許懼於法杖的力量，但那不是百分百的防禦，光是由後方衝撞，就足以讓杜書綸重心不穩，而在耳邊的「立體音響」，更是讓年紀尚輕的他難以承受！

不行！掩著雙耳的杜書綸在壓低的帽簷下直視前方，他不能待在這裡，他身邊有成千上萬的蒼蠅包圍，但他決定閉上雙眼，咬牙往前衝！

啪！天不遂人願，他的腳居然絆上了東西，直接狼狽一個翻滾飛了出去。

法杖，也拋飛了出去！

杜書綸不敢抬頭，他趴在地上，雙手仍緊緊掩著耳朵，蒼蠅全往他身上衝來，那種又毛又噁心的感覺只是讓他起了一陣又一陣的寒顫，快讓他發瘋的嗡嗡嗡聲不斷，而他卻只能用手臂一寸一寸的往前爬……

「這不公平！」聶泓珈朝著上方吼著，「這根本不關書綸的事！」

她飛快的往前衝，前方那一團黑色的「蒼蠅霧」，就是杜書綸所在！

聶泓珈跑得非常快，但冷不防從旁刹地出現鬼影，讓她措手不及，眼看著就要撞上……不，她是被一股重大的力量打出去的！

「呀——」她什麼都看不清，被甩上就近的某棵樹，磅的落地！

白松齊冷冷的看著趴在地上不再動彈的她，幽幽的轉過了身，走向了尚在掙扎爬行的杜書綸。

『世界上本來就沒有公平的事，不是嗎？』

他把杜書綸說過的話，還給了對方。

煩耶！這是用魔法打敗魔法嗎？

隨著他的走近，蒼蠅再度散開，牠們圍繞在白松齊的身邊，形成了一個又一個的人形。

感受到蒼蠅離開，杜書綸涕泗縱橫的抬首，吃力的抓著草地朝右方爬……再爬……然後，一根尖刺從他的大腿穿了過去。

「哇啊──」他疼得慘叫，下一秒，惡鬼踩上了他的背。

他知道那是蒼蠅的口器，他要吸食他了嗎？

聽見杜書綸的慘叫聲，聶泓珈立刻睜眼，她努力的抽動手指，再次撐起了身體……頭燈早飛了出去，但是她還是看見了身旁，有一雙小小的腳。

「所以，那個姓唐的不來嗎？」正太抱怨般的咕噥著。

嗄？聶泓珈不可思議的看向黑暗中的小正太，「……唐、唐姐嗎？」

伸手不見五指的漆黑中，正太的雙眸閃閃發光，他點了點頭，一副惋惜樣，「我在等她出現呢！都已經等到那個男孩快死了呢！」

……別西卜放任一個亡魂這樣放肆，就是因為他、他要見唐恩羽嗎？

「你知道……我們人界有一種東西，叫、叫手機……」聶泓珈痛得咳嗽，不，她是氣得咳嗽！

可以揍七大惡魔嗎？

「那就沒意思了，我想看的不是那個……」正太遙遙望向白松齊的方向。看你媽啦！聶泓珈忍住了揍人的衝動，手緩緩往左邊口袋裡伸去。

她不喜歡打人，真的，她厭惡使用暴力的自己、厭惡自以為是的自己，所以她才一直希望能成為透明人，因為只要不與人交際，就什麼事都不會有了！

平靜的生活，就不會勾動任何情緒的，對吧？對吧？

杜書綸痛得哭出了聲，他伸長手，再抓住前方的草地，吃力的想再往前一寸，再往……嗚，那根吸管穿透他的大腿後，還釘進了土裡，他動不了啊！

『這一刻我等得太久了，杜書綸……你不知道我有多麼多麼討厭你！』

「當年你冒充清寒家庭去領愛心餐券再丟掉，浪費獎項美意，還讓、讓真正的需要者失去機會。」趴著的杜書綸有氣無力的笑著，「笑死，你改名了，以為我不記得了嗎？」

白松齊扭曲的臉變得更加猙獰，這就是他心底最深的恨！

幾年前，杜書綸偶然發現有個人喜歡申請清寒獎學金，有好幾項除了獎學金外，還會發放愛心餐券、甚至是免費用餐券……結果那個學生拿餐券去請客，多餘的每日餐券他用不著直接丟掉，但有很多人需要那些飯錢，所以他檢舉了。實名檢舉，他沒有在怕，當時的白松齊還叫白明偉，他被剝奪了所有獎學金資格，立即轉學，高中再考回來，改個名字想著又是一條好漢。

事實上人們的記憶是很短暫的，尤其事不關己時，根本沒幾人會記得當年哪個學生品性不端。

『吼啊啊啊啊──』口器倏地從杜書綸大腿拔起，『就是你──』

當聽說杜書綸突然回到正常教育體系唸高一時，白松齊心中只有更深的恨，天才回到普通求學系統屌打一般人就算了，現在又要搶他們的獎學金跟各項比賽名額，新仇舊恨加在一起，他也想成為那個天才，超越他！

杜書綸趁機再往前移了一寸，他只需要──「哇！」

又一聲慘叫，因為口器改插進了另一隻腳！

『我發過誓，我一定要生吞活剝你的腦子！』白松齊用長滿毛的觸手揭掉了杜書綸的鴨舌帽！

可帽子一揭，卻連頭髮一起揭起，這當中並沒有任何撕裂頭皮的聲音，因為杜書綸從頭到尾戴的就是假髮！

理得光溜溜的後腦杓上，卻畫了一個魔法陣！

喝！白松齊剎時痛苦得顫動身體，近身包圍在他身旁的蒼蠅陡然掉落，一秒死去，口器脫落，甚至開始變軟，被管子刺過的杜書綸都能有感覺。

正太一凜，移形換影的倏地來到了他們身邊！

『你這是什麼!?』白松齊崩潰的吼著，在激動的同時，他的翅膀也漸漸鬆脫，失去光澤！

他粗暴的將杜書綸翻了正，他手上的毛也在變短中，而翻過來的杜書綸前額上竟也畫了相同的魔法陣圖。

「是啊，世界上沒有公平的事。」杜書綸自信的一笑，「就像你吃下我的腦子，也絕對沒有我聰明——珈珈！我需要妳！」

他雙掌併攏，逕直朝上！

『啊啊——啊啊啊——』白松齊靈體開始扭曲，他的骨頭像被折斷一樣正在壓縮成原來的大小，翅膀開始一片片掉落，『不——好痛！我為什麼還會痛！』

嗡嗡嗡嗡嗡嗡嗡嗡嗡嗡嗡大批的蒼蠅四散，牠們不再受控制般的紛紛散開，回到了香甜腐肉的屍坑裡，也有一大批圍繞在白松齊的更外圍，因為這也是塊肥美的腐屍。

正太不可思議的看著失去力量的白松齊，看見了杜書綸的掌心上，也畫著魔法陣，一邊一半，合掌後又是一個削弱惡魔力量的陣法——為什麼區區一個人類，懂得這麼多東西？

『杜——書——綸！』白松齊承受著靈魂拆解的痛苦，卻沒有一刻鬆懈。

打從一開始，他就是個最執著於杜書綸的人！

他雙手上的毛已經褪去，但取而代之的是尖銳利甲，他失去別西卜的力量，可是他還是個鬼啊！是個滿懷怨恨的厲鬼！

白松齊以膝蓋壓住杜書綸，直接往他的雙眼刺——

咦？白松齊在某一秒中停住，他頭也不回的直接向後揮手，理應能順勢割斷女孩的頸子，可是女孩卻直接雙膝跪地，用膝蓋一路滑行，穿過他橫來的手臂下方後，立即跳起，一拳就往他尚未消失的複眼砸了下去！

金黃色的黏稠液體從複眼裡噴出，白松齊連喊都來不及，聶泓珈直接抓著他的手當支點，一拳一拳，毫無節制且瘋狂的打下！

咚、咚、咚……白松齊的複眼被打爆，骨頭開始變形，他毫無反擊之力，該有的亡者之力也幾乎消亡在那一拳接一拳的寸拳中。

聶泓珈左手上那個金色手指虎在黑暗中流淌著金色與橘色的光澤，正太更加不可思議，他輕易的伸出一根食指，擋下了聶泓珈歇斯底里的拳頭。

正太此時已不是正太，他曾幾何時變成了大人，那個有著一頭黑髮、應該死在廁所裡、被搶包的貴婦，如此方能擋下拳頭，也可以看清楚這個中性女孩……

她的眼神詭異，只專注看著眼前的獵物，左手力氣相當大，而且即使拳頭被抵著，她也沒有要放棄的意思，仍舊想出拳。

「珈珈，珈珈！」杜書綸狼狽的爬起來，從聶泓珈後方溫柔的以掌包裹住她的拳頭，「可以了，可以了。」

聶泓珈眼神突然右移，凌厲的看向了別西卜。

「讓開。」拳頭左移。

「這東西哪裡來的？」女人的食指也左移，他想起那天在鐵皮屋時看過這東西，可是當時還沒有顯現出力量！

「讓——開！」聶泓珈越過女人，看著逃離的白松齊，他正爬向那個屍坑！

「我跟您解釋，但是……先讓她完成好嗎？」杜書綸誠懇的說著，他不畏懼的直視別西卜的雙眼，「珈珈她並不清楚原由。」

女人挪開了食指，聶泓珈立即往前衝去，她踩住了白松齊的靈體，此時的他已經是個腐敗的脆弱模樣，身上頁的還穿著學校的制服。

她再度一拳又一拳的往他的靈體上擊去，杜書綸小心翼翼的跟在旁邊，直到確定了手指虎上的光線不再流淌爲止。

「珈珈！可以了。」他依舊從後扣住她的手，在前面就是找死。

殘存的亡靈如風中葉片，搖搖晃晃的往前走，一路鬼哭神號，杜書綸才意識到……他們的能力眞的太有限了！

聶泓珈虛軟的雙膝一軟向後倒去，杜書綸早有準備的承接住她，兩人癱坐在地，左手仍緊包住她的手，女孩雙眼仍舊專注著某一個方向，但看起來像是尚未回神。

「冷靜，冷靜……」杜書綸在她耳邊喃喃的說著。

「那不是屬於人類的東西。」女人的聲音響起，杜書綸緊張的回首，看著走來的女人，她在三步內又變成了那個小正太，「誰給你們的？」

「之前遇過驅魔師，他們給我們的，法杖可以對付鬼，手指虎似乎通殺……但是，珈珈使用時會失去理智。」杜書綸並沒有感受到一絲的放鬆，懷間的聶泓珈也沒有，她雙眼漸而對焦，看向的卻是正太的後方。

她身後遠方的土裡倏地竄出了一隻手，有個人正在破土而出。

正太沉著眼神，看起來非常不高興，「是唐恩羽嗎？」

咦？杜書綸一怔，唐姐他們也太厲害吧，連別西卜都聽過他們的名號？

「是……是，您認識啊？」

「我在等她啊，想看看拿惡魔當刀使、還喊魔誅領罰的傢伙是怎樣的人。」

正太嘆了口氣，「是跟你們沒關係，我就是想看看我們得做到什麼地步，才能讓他們現身而已。」

杜書綸悄悄倒抽一口氣，唐家姐弟的驅魔法……錢給夠他們就會來了啊！大哥，你可以花錢啊，不然直接去啊，不必這樣玩弄人類吧！

不，他在想什麼，這就是惡魔啊！而且認眞的說，人類不落入陷阱，惡魔也無法做些什麼對吧！

至少目前發生的一切，哪件事不是人們自己的選擇？

坐著的大地開始震動，那個原本已經被聶泓珈打到快魂飛魄散的白松齊突然又開始變大變高，背上的翅膀緩緩重生，杜書綸回頭看向屍坑的方向，這麼黑他是瞧不見太多，但他可以看見有眾多人影從坑裡爬出來了！

「別想了，這裡也沒有困魔陣，光憑你頭上跟手上的陣咒，對付不了這麼多人的。」正太遙望著那些亡者們，「那坑裡蠻多人都討厭你耶！」

廢話！那坑裡如果都是吸毒吸到出現幻覺的好學生，一定一堆人對他有意見啊！

「別西卜先生，唐姐他們有別件事在忙，等不到的。」杜書綸趕緊賣乖，「我們有話好好說，如果您想要這兩個東西的話，我可以還給你？」

正太用那張純正的臉瞅著他們，兩手一攤。

「至少可以給他們一個信息，對吧？」

兩個使用惡魔武器的人類，慘死在惡魔手下，就當作是一個警告吧！

聶泓珈眼神逐漸清明，她第一眼看見的就是踉蹌朝他們走來的女人，那邊地上有頭燈照亮，該女子穿著橘色的洋裝、頭上有V型裂口，那模樣也太熟……不就剛剛在酒店後場的人形蒼蠅嗎！

「珈珈！妳清醒了沒？」杜書綸開始使勁搖著她，大事不妙了啊！

「醒了！醒……別搖了！」她低吼著，開始左右張望，那屍坑裡的鬼都被喚醒了！「做惡魔不要太過分吧，你這樣針對我們一點意義都沒有！」

「在你們人類眼裡，我們惡魔不正是這種邪惡之輩嗎？眞好笑耶！」正太用可愛的語調說著，聽起來違和感超重，「你們眞以爲我們閒的喔！我只是給他們力量而已，想怎麼做……由他們自己決定。」

「您不、不吃點宵夜嗎？這麼晚了，可以吃點東西塡肚子了！」杜書綸趕緊鼓吹，惡魔就是愛吃靈魂啊，收集這麼多了居然還不享用!?

正太笑吟吟的就在旁看著，杜書綸回頭看著已經恢復成龐大蒼蠅狀的白松齊，他甚至比之前更大隻，感覺別西卜眞的是要把他們往死裡送啊！

這裡沒有魔法陣，法杖都不知道飛到哪邊了，而屍坑裡那些優等生們，絕對都對他頗有意見……給予亡者力量，剩下的交給亡靈們自行處理？

人性要能相信的話，這些原罪從哪裡生啦！

「珈珈，妳走。」杜書綸推開她，「他們不會針對妳的！」

聶泓珈被推得踉蹌，瞪圓雙眸，無聲帶威脅的：你再給我說一次！瀰漫在他們之間。

嗡嗡嗡嗡嗡嗡嗡嗡嗡嗡嗡……成千上萬的蒼蠅又來了，他們根本沒時間反應，轉頭就狂跑！

蒼蠅自然繞過了正太身邊，可愛的正太卻踏著輕快宛如要去郊遊的腳步，跟著杜書綸同方向走去。

「快走啊！白松齊他們討厭的是我！」杜書綸大喊，他後腦杓那個魔法陣對後頭的追兵多少有一點點用處，畢竟他們是藉由別西卜之力壯大的，所以不敢過度貿然撲上。

「我最討厭不戰而敗！」聶泓珈尖吼回去，「這不是你！杜書綸！」

「那是惡魔耶！是他給惡鬼力量的，那不是我們能夠──」杜書綸突地一怔……等等。

「你想到什……」聶泓珈突然掩耳蹲低身體，因為蒼蠅過來了，「呀──」

杜書綸挪上前抱住了她，接著用以拋物線將她拋出去，一轉身，白松齊那巨大的口器吸管已經就著他心臟要戳過來了！

他立即高舉雙手，將手掌合併，掌心與額上的削魔陣瞬間起了效果，白松齊連連後退，深怕靠近一點，又會發生剛剛的狀況！

『我改變主意了！我不會這麼簡單殺了你！你剛剛加諸在我身上的痛楚，我會一點一滴的討——』

白松齊刻意張大了翅膀，三公尺高的他立了起來，杜書綸頓時被籠罩，被秒掉是分分鐘的事！

唰——如火般炙熱的溫度自腹中冒出，白松齊陡然一僵。

剛剛明明被拋出去的聶泓珈竟直接滾回來，彈開手指虎上的彈簧刀，一滾回來就剛好瞧他站起，乾淨俐落的對著他的腹部就是一刀。

「所以你才會是第二名。」

杜書綸依然高舉手心裡的魔法陣，說著誅心的話語，然後朝右邊退開，躲到了右方處！

正太看向身邊一公尺遠的杜書綸，冷哼一聲，居然把戰場交給不相關的女孩啊……

烈火瞬間從切口處燒上白松齊的身體，聶泓珈立即跳起，才不想被他肚子裡的東西噴到，她已改用右手持手指虎，沒有遲疑的再旋身上前。

「魔——誅——領——」一刀、兩刀、三刀，每一刀都割劃在白松齊的身上。

就著這股氣勢，雙臂開展的她向右旋了半個身體，恰巧單膝跪在正太面前。

正太略蹙起眉，總覺得這女生還沒喊完之際，剛剛在旁邊的杜書綸已經來到他身邊，一點遲疑也無，直接把他往聶泓珈面前推去！

聶泓珈同時舉起手裡的刀，正太就這樣「被刺入了」！

「罰。」聶泓珈的聲音淡淡的，還帶著顫音，可謂是毫無氣勢。

她舉刀的右手抖得厲害，杜書綸當然知道，要讓珈珈一個人承受是不可能的！所以，這種事就兩個人擔吧！

他心一橫，再把正太往刀上壓得更深了一點。

刀子沒入正太的心臟，小臉上充滿了訝異的神情，後方的白松齊已經在燃燒，火是從刀子的切口裡冒出的，其他的亡靈開始哭喊，淒厲的哭聲伴隨著蒼蠅的嗡嗡巨響，聶泓珈只覺得渾身難受！

杜書綸鼓起勇氣由後拉著她後退，她鬆開了手，刀還插在別西卜的胸口，但他們只想遠離……知道自己再怎樣都贏不了別西卜，杜書綸想的只是奪去亡靈們的力量。

惡魔想收割他們輕而易舉，逃命也是白費氣力，他們雙雙跪地，互相摀著對方的耳朵，縮在彼此的懷間。

『杜書綸！』白松齊的慘叫聲在烈火中迴盪，在某個瞬間他突然碎去，化成了無數隻燃火的蒼蠅們，點亮了夜空。

拜託，可別因爲這樣起森林大火啊！

正太幽幽的轉向了他們，邪惡的笑容浮現在不相襯的天眞臉龐上，他開始抽風般的笑了起來。

「呵呵……哈哈哈……哈哈哈！」

他轉瞬間長大，變成那個貴婦，又化成一個男性中年大人的模樣，最終原地分解成數以萬隻蒼蠅，又在彈指間消失得無影無蹤！

人類啊，永遠是最値得期待的呢！

⚕

當一切歸於寂靜後，可怕的惡臭撲鼻而來，那比他們剛剛聞到的更加駭人幾十倍，到了用嘴呼吸都會想吐的地步！杜書綸與聶泓珈吐了好幾輪，他們還很辛苦的爬到距屍坑更遠的地方，就怕汙染到犯罪現場。

聶泓珈拖著疲憊的身軀，撿回掉落的法杖跟頭燈，還有杜書綸的帽子與假髮，再來到他之前在地上畫的魔法陣邊，把痕跡抹去。

「就扛腳踏車那一點時間，你也能畫出魔法陣，眞厲害。」

杜書綸靠在就近的樹下，他一雙大腿上兩個窟窿不是假的，腎上腺素失效後，劇痛便直襲而來，痛得他涕泗縱橫。

「所以我畫的範圍很小啊，才必須爬到那個定點裡去才有效。」頭上、手上加地上，最少要有兩個搭配，才更好能削弱魔力。

先規劃好等等要逃的方向跟位置，離屍坑其實很近，因爲他時間不多，他還在那邊插了一枝夜光原子筆當標記，剛剛差一點點就能把白松齊引進去時卻被釘住，還得想辦法激怒他、讓他想虐待他，才得以再多爬一寸。

剛剛頂著兩個窟窿能跑能跳的，現在卻痛到讓他欲哭無淚了！不動都痛啊！

「他是之前那個假清寒喔？你什麼時候知道的？」聶泓珈把所有東西都拿回來了，一一放回腰包裡。

「在絕命毒師那裡時，其實我根本不記得他，但他那個爬來爬去的好兄弟言語間都彷彿認識我似的，這就很怪。」杜書綸有氣無力的說著，「我後來查了一下白家凶殺案的事，看見他爸媽的名字就想起來了。」

當年書綸舉報時她是雙手雙腳贊成的，那時的她也超痛恨這種人……不過現在，她不會去在意那些了。

「你進來前不是有傳訊給杜爸嗎？現在也該來人了吧？」聶泓珈吃力的坐回樹下，把法杖交還給他。

「要一陣子，我們剛走進來也很遠……」杜書綸讓她爲自己戴好頭燈，他剛剛已經先一步把頭上的魔法陣圖案擦掉了。

再等不來，等等就得發出一些訊號，不然警方找不到他們的。

其實她全身也痛得要命，但至少比杜書綸能動，她再撕開一包去光水棉片，徹底的將他手掌心裡的圖案都擦乾淨。

「現在擦了，如果別西卜大人殺回馬槍，我們就死定了。」聶泓珈喃喃說著，豆大的淚珠滴在他掌心。

「切……喔好痛！別惹我笑！」杜書綸虛弱的哼哼，「說得好像我們有這些，就能對付別西卜一樣。」

聶泓珈淚眼汪汪的看著杜書綸，也忍不住噗哧一聲，雖是苦笑，但也算苦中作樂。

「那邊……妳去看一下。」杜書綸突然指向自己的九點鐘方向，「或再退後一點，我剛就是被絆到，所以才會來不及到魔法陣地點。」

聶泓珈確認了他指的方向後站起身，「那邊嗎？你要找是什麼絆到你嗎？」

「我懷疑是酒店妹。」杜書綸幽幽的說著，「那裡沒有草。」

聶泓珈錯愕的握拳，壓下恐懼，小心翼翼的上前查看……果然有一片大方地上，沒有任何草地覆蓋，而且……她蹲了下來，連挖都不必挖，就已經看見三根帶有紅色指彩的指尖。

仔細回想，剛剛有個女人也從這裡破土而出的對吧！

只是她完全沒參戰，而是隻身遠去，像是想走出這片森林。

聶泓珈什麼都不必說，杜書綸就知道答案了，酒店妹的埋屍地點，與屍坑相距不遠，一個在上、一個在下，落差不過兩公尺，直線距離不到五公尺。

這麼巧，屍體都埋在一處，所以才會是蒼蠅培養皿……

「妳覺得，那個坑裡的第一個人會是誰？」

聶泓珈蹙起眉心，仔細算了算，「這裡的屍體的話，是酒店妹嗎？不，她的怨念不針對你，照理說，第一個失蹤的是白松齊。」

杜書綸虛弱的勾起微笑，「是啊，白松齊……」

聶泓珈突然一驚，緩緩的看向了他，等等！

「那……是誰把他埋在這裡的？」

杜書綸闔上雙眼，是啊，這是個好問題，第一個殺死白松齊的人，是誰？

飛鳥驚林，聶泓珈警戒的回首，終於看見遠處強力燈光開始晃盪，伴隨著若有似無的哨聲，還有：

「有人在嗎——同學——」

聶泓珈握著手機，按下了警報APP，他們已經沒有氣力再叫了。

嗚嗚嗚嗚……警報聲有節奏的響起，音波彷彿驚動了屍坑裡的蒼蠅們，刹地又傾巢而出！

嗡嗡嗡嗡嗡嗡嗡嗡嗡嗡嗡嗡嗡

「那邊！看到沒有！」

「聽見了！找到了！找到了——」

杜書綸的頭緩緩倒向了女孩寬闊的肩頭，高中生活，眞是太太太有趣了。

第十三章

特殊小組

終於熬過了段考，同學們都在討論的週末假日要去哪兒玩，導師還在週五下午重新抽籤安排座位，全班幾乎大洗牌，婁承穎也離開了聶泓珈的前方。

由於杜書綸行動不便，大腿上兩個窟窿經過治療跟縫合，還是無法行走，因此現在出行都是輪椅代步，而他的照顧者，自然就是聶泓珈；所以他們兩個還是坐在最後一排，只是改成靠近門口，方便輪椅出入。

前面坐的人不是婁承穎後，聶泓珈竟有一點失望，或許已經習慣了他的熱情開朗……她偷瞄了一眼，只可惜最近的婁承穎總是非常失落。

「嘿！」張國恩咻地挪到了杜書綸的面前，「我坐這兒耶！聶泓珈，我可以幫妳推他出入喔！」

「別！拜託，我怕你直接扛著我和輪椅上樓！」杜書綸笑著，「結果我掉了你都沒注意。」

「最好是啦！」張國恩哈哈大笑著，他真的是那種頭腦簡單、四肢超發達的類型，可是過得可開心了！

聶泓珈尋找李百欣的方向，她離他們有三排遠，原本坐在斜對面的周凱婷反而移到前面去了。

「又沒跟李百欣坐一起啊！」聶泓珈替他可惜。

「對啊！她就都要坐前面，我又不喜歡唸書，坐前面很煎熬。」張國恩一副無所謂的姿態，「反正就住隔壁，每天見面，不一定要坐在一起！」

嘖！杜書綸瞇眼看著他，怎麼這話裡有話咧！他跟聶泓珈也住隔壁，但就是每天都在一起！

「我得照顧他。」聶泓珈抿了抿嘴。

「是啦是啦！我們懂！」張國恩科科的假笑。

李百欣搬好位子也繞了過來，等等打掃完就準備放學了。

「眞的大搬風耶，婁承穎也坐到另一邊去了！」李百欣突然湊近聶泓珈，「妳有沒有覺得他最近心情很不好？」

聶泓珈點點頭，「也不太跟我說話了，我想是因爲陳詠歆的事吧。」

「就是！」李百欣嘆了口氣，「我沒想到他這麼喜歡那個女生耶！」

說穿了也就見個幾次面而已，也明白說了不想談感情，但是事件過後，婁承穎卻異常低落。

陳詠歆的死被警方定義爲意外，因爲這是個無法提出凶手的案子，至於她的餐廳殺人案也沒偵辦，因爲根本不存在殺人案。

那天杜書綸被送醫急就手術，聶泓珈也做了檢查，除了撞傷、輕微腦震盪與滿身瘀青外，其實沒有什麼重傷，只是過度疲憊而睡去；但當她醒來查看新聞後，才赫然發現高級餐廳的案子憑空消失。

沒有搶奪皮包的事件、沒有被打破頭的貴婦，只有被殺死的陳詠歆、出現幻覺的酒店妹同事，還有那個尚未問世的名牌仿包。

聶泓珈試探過武警官，連警察都沒有記憶，高級餐廳的奪包殺人案就像從未發生過一樣……她想起那天別西卜曾幻化為那位貴婦，只怕從頭到尾，那個貴婦就是惡魔設的局。

她就只是拿著那個新款包出現，引誘陳詠歆，她什麼都不必做，剩下的事任其自然發生，而陳詠歆最後為了那款名牌包，卻選擇了殺人。

「我比較驚訝的是，那個辣妹居然是殺人犯。」張國恩覺得好難理解，「說是酒店妹的爭風吃醋，看不出來啊，而且她不是喜歡婁承穎嗎？跟誰爭？」

不是爭風吃醋，是沉迷於名牌的瘋狂。

Iris的屍體的確就是擦著紅色指甲的那位，警方已經找到案發現場在陳詠歆住的小套房裡，不知道她是怎麼邀Iris到她家的；總之，Iris是被絲襪勒死的，比較令人膽寒的是，她的屍體並不完整。

Iris的右手被剁下，凶器就在陳詠歆廚房的刀架上；經法醫檢驗，骨頭上有兩道砍痕，換句話說，陳詠歆是分了兩次才把她的右手砍下。

畫面輕易浮現，為了名牌包吵架的女孩們，陳詠歆打算強取豪奪，Iris不肯且死抓著包，然後陳詠歆便勒死了她……而執著的不只一人，或許Iris到死也不願鬆手，因此陳詠歆只好拿菜刀……

「我只是覺得可惜，那麼好的女孩！」李百欣又瞄了眼婁承穎。

「妳『好』的定義好特別啊！」杜書綸失笑出聲，「李百欣，她能為區區一個包殺人啊！」

「嘖！你很煩啊！我就我看到的啊！她正義，幫了我們，對婁承穎又很純真大方！」李百欣扯扯嘴角，「殺人是不對的，但是我認識她時的好感受不會因此抹滅！」

嗯哼，杜書綸輕輕笑著，還挺分明嘛！他刻意看向了聶泓珈，她直接給了個白眼。

很像吧！

有好幾個人跑去安慰婁承穎，張國恩也跑過去湊熱鬧，約他週末出來放鬆或打球，婁承穎勉強笑著應付，他得去打工，只是……以後上班時，再也看不見陳詠歆的出現了。

「好了，你要節哀！會遇到更好的妹！」

「說真的，我沒想到你們已經發展到那個地步了耶！我以為你沒要談戀愛！」同學們你一言我一語。

「我沒有啊！」婁承穎一怔，「等等，你們誤會了，我我我、跟陳詠歆不是

「嘎？但你最近一臉難過樣耶！我們以爲……」張國恩好詫異。

「不是啦！我不討厭她，而且大家好歹是朋友啊！」婁承穎又垂頭喪氣，「她很像我國中同學，然後我就會想起以前國中時的快樂時光，就也把她當成好朋友，所以……」

哎呀，難怪……聶泓珈頓時恍然大悟，雖然陳詠歆大方表白、每天跟著他，但婁承穎從不嚴詞拒絕，甚至還會苦口婆心的勸她不要痴迷那些名牌包，原來是移情作用啊！

同學們雖理解，但還是不希望他繼續喪志，幾句間便將他的週末安排滿滿，說什麼都要拉他出去散心。

「我們走吧，還有約咧！」杜書綸輪椅鬆開，聶泓珈揹上書包，推著他出去。

學校的建物是口字型的，他們在走廊上也能瞧見其他班，有幾個班級外頭掛滿了白色紙鶴，是同學們折的祈福紙鶴，悼念早逝的同學。

屍坑裡找到了七具屍體，三年級三位學長，包括羅鴻恭，二年級的白松齊，還有他們班的沈柏儒，剩下是他校的，全都爛在一起！明明才一週時間，但是腐敗程度詭異的嚴重，而且裡頭的蛆蟲滿坑滿谷，也終於明白近來四週環境爲什麼會蒼蠅大泛濫。

最新鮮的屍體是羅鴻恭，但是內臟也都液化，這些困惑就留給法醫吧，反正也都不是常理所能解釋。每位死者體內都留有「紫貝」，或許是過量產生的幻覺讓他們都走到保護區裡，更有可能是白松齊的亡靈為之。

那個屍坑最底下、腐敗最嚴重、死亡最久的，正是白松齊。

而這批學生，生前在各種比賽或獎學金項目中，全部都是競爭關係。

「想想他也有點可憐，就為了那個第一的光環，把自己弄到這地步……不知道是一口氣吸多少，直接掛掉。」杜書綸望著白松齊的班級外頭，很難理解。

白松齊是用藥過量死亡的，警方推測是父母發現他死在房裡，但詭異的是他們竟然選擇了自行埋屍，不知道是否想幫兒子維持最後的光榮，或是不想讓世人知道他在吸食毒品。

在白家找到的鐵鍬，上頭有與屍坑相同的土壤，也找到了清理過現場的痕跡，幾乎可確定埋屍者是白家父母，但是……殺死白家父母、開腸剖肚生食他們的卻又是白松齊，這個報告讓武警官一個頭兩個大，他能怎麼寫啊？

「第一這麼重要嗎？」聶泓珈完全無法理解，「寧願中毒癮也不願放手，這種沉迷我希望我永遠不要懂。」

「他們甘之如飴吧，沒看個個享受陶醉得很，才會不惜一切啊！」杜書綸並不會同情他們，因為這都是自己的選擇，「希望這結果他們滿意吧！」

命都沒了，最好會滿意。

才推著輪椅出校門，警車就已經在外頭等了，武警官協助把杜書綸抱上車，引起了不少側目，幸好聶泓珈第一時間就先鑽進車裡了。

「這新造型看了眞不習慣。」武警官看著杜書綸那圓滾滾的光頭瞧。

「我倒覺得我頭型不錯，光頭了也挺好看的！」他還拍拍自己的光頭。

這是他們絞盡腦汁想出來的辦法，畢竟他們只有一個手指虎、一個迷你法杖，又不知道驅魔鎭鬼的咒法，花一萬多買的護身符完全被坑，能利用的只有魔法陣。

唐玄霖之前曾經拿過一本書給杜書綸看，上面記載了各式各樣的魔法陣及效果，得力於他的記憶力，再複雜的陣型只要看過就儲存下來，剩下的便是要用時，從大腦硬碟中取出來便是。

他記起其中一個能削弱惡魔之力的法陣，就在上次把色魔卡西切送回地獄的陣法圖隔壁，但他們哪可能有地方跟時間先畫好魔法陣？畫好後難道還明目張膽的請別西卜進去嗎？傻了嗎？

因爲在絕命毒師的鐵皮屋就見過白松齊了，更感受到對方的怨念，而且對方也曾以蒼蠅撞破他家窗子攻擊他來看，對方多少是有別西卜的力量庇護，既然自己會是目標，那就在身上畫上魔法陣吧！

「我能問為什麼嗎？」武警官又不是傻子，這孩子從長髮到一口氣變光頭，絕對有原因。

「因為我覺得我不會被脫衣服。」杜書綸故作嬌羞的眨著眼。

武警官完全愣住，這小子在說什麼鬼啦？

一旁的聶泓珈忍不住竊笑，他們眞心覺得被殺的可能性高於被脫衣服，把魔法陣畫在身上太不實際，而且惡鬼說了想要書綸的腦子嘛，再加上白氏夫妻是被活活撕開腹腔的，那麼……

用餐前，好歹會跟腦殼照個面，那就畫在上面吧！

「我們現在要去哪裡？」聶泓珈主動詢問以岔開話題，車上還有老李，說太多也不好。

今天是武警官主動說要見面的，都跟這一連串案子有關，警方是定義為「紫貝」案，並沒有把其他跟「耽溺過度」的案子連在一起。

「去老師那邊吧！」開車的老李語重心長，「小武說你們應該還知道別的事，那邊是一切事情的起源……」

杜書綸眼神突地深沉，扶了扶眼鏡遮掩目光，眼尾瞄向左邊的聶泓珈，她笑容微斂，現場有外人，什麼能說？什麼又不能說？分寸該怎麼抓？

聶泓珈的神情被後照鏡完全展現，武警官無奈笑笑。

「別緊張，等等我跟你們介紹幾個人。」武警官眉間卻愁雲慘霧，車內氣氛突然變得低迷。

車子行駛約莫半小時後，再次抵達獨棟華廈，堪稱「紫貝」製造研究所的地方；白天來到這裡跟之前感覺截然不同，杜書綸看著華廈外的林木錯落，其實還別有一番鬧中取靜的感覺。

進入電梯裡時，已經不見蒼蠅的蹤跡，事實上蒼蠅已經自S區中消失，大家都認爲是那個週末的大掃除奏效，警方覺得是因爲那屍坑裡的屍體已處理掉，事實上是因爲蒼蠅王的離去吧。

來到頂樓，聶泓珈直接就抱起杜書綸走上頂樓，看得幾個警察忍不住竊笑，瞧瞧那公主抱，那女孩抱起來眞是輕而易舉。

「笑屁啊！我就不能走啊！」杜書綸尷尬的從聶泓珈肩頭往後抱怨著。

「如果今天交換立場，你抱聶泓珈嗎？」武警官打趣的說。

「抱啊！別看我這樣，我抱得起珈珈好嗎！」杜書綸還在死鴨子嘴硬。

抱著他的聶泓珈可不敢想，抱得起來是一回事，能不能抱著平安走路又是另外一回事！

來到頂樓，空氣中依然殘留著些許屍臭味，鐵皮屋外的盆栽已全數枯死，不過門窗都已敞開，想來是爲了通風之效。

「都清理過了，但還是有點味道，因爲有些分子都黏在牆上了，過一陣子會拆掉，曬曬太陽就會好得多。」老李抓了抓頭，「唐家姐弟過兩天就會抵達，幫我們處理這些現場，該做的法事、該處理的什麼鬼……」

喔喔喔喔！杜書綸雙眼一亮，他這次要逮著他們多要點東西防身！

老李看著鐵皮屋，又是幾聲嘆息。

「這位陳岳老師，剛好是老李的國中老師，他會更感慨。」武警官推著杜書綸略轉個圈，頂樓上有幾位見過的警察，有男有女，大約十人，最近的命案現場都瞧過。

「我們來……見這幾位嗎？」聶泓珈不太理解。

腳步聲自鐵皮屋裡傳來，一位長者探頭而出，「啊，都來了嗎？」

「前輩！」武警官趕緊迎上前，「這就是我說的，杜書綸跟聶泓珈，高一。」

男人有著灰白的頭髮，身型高大，但看上去挺和藹的，「高一啊，年紀眞是越來越小了。」

「我介紹一下，這位是我學長，大前輩，首都的章警官。」武警官頓了幾秒，「他專門辦無法解釋的案件。」

「您好，章警官。」

章警官直接彎腰，伸出手，「我有個特殊小組，所以我知道這裡發生了什麼事。」

呃……杜書綸茫然的與之交握，聶泓珈也緊張的屏氣凝神——專辦無法解釋的案件？

「這次是惡魔還有厲鬼。」章警官開門見山，「不過我看著痕跡，惡鬼只有一個的樣子，其他亡靈攻擊性不大。」

兩個高中生還在發愣，呆呆的看著章警官。

「嘿！嘿！」武警官連忙彈指，「別緊張，這是認眞的！我以後會是S區特殊小組的負責人，這些都是成員……」

特殊小組？聶泓珈詫異的看向老李，他一副吊兒啷噹，臉上寫著萬般無奈，對上視線時還能兩手一攤，「我又不是瞎子！最近哪件事能用常理解釋？」

武警官欲推動杜書綸，聶泓珈先一步阻擋，由她推著輪椅比較妥當。

突然成立的特殊小組，突然有人理解他們的遭遇，還是會讓聶泓珈心有畏懼……畢竟上一個表達出理解的人，卻讓她飽受地獄般的痛苦。

武警官在前，他們進入了陳岳的家，許多家具都已撤掉，屋內的確還殘留著屍臭，但比杜書綸上次來時好太多了！寬敞明亮，外頭的光線也能照進來，他下意識瞄向餐桌，想起那個一臉純眞的正太。

那個被他們一刀插入心臟的正太……

「陳岳製作毒品紫貝，低價批給學生及特殊生，我們已經確認前年開始有許多特殊生用了紫貝後，都出現上癮及嚴重幻覺的反應，甚至有人死亡，共同特點有一項，會把所有看到的活物當成食物。」章警官走到冰箱邊，看著上頭的冰箱貼搖頭，「還有孩子生啃自己的肉，毫無痛覺……好好的老師，爲什麼會走上這條路？」

「一開始，他是標榜不會上癮的，也眞的沒那麼容易上癮，除非過量。」杜書綸略微蹙眉，「而且說眞的，紫貝可以讓人亢奮、專注度變很高、腦子超清楚……可是不會有那種飄飄欲仙的幻覺跟爽度，要成癮有點障礙！」

說得這麼眞實，連聶泓珈都瞪圓雙眼！杜書綸！隻手往他的肩膀處掐了下去，他怎麼敢啊！

「你怎麼這麼清楚？」連老李都聽出來了。

「聽說、判斷、猜測、收集心得？」杜書綸感受到質疑的視線，「哎唷，就跟你們說過，這個在學生間很泛濫了……好好，別緊張啊，絕命毒師不是已經掛了！沒人能製毒了，怕什麼！」

最近成癮的那幾個也都掰了，只希望其他人能戒斷成功。

章警官倒是很從容，「小子，毒品不能輕易嘗試，不要以爲試一次就沒關係，最後全部都深陷毒癮之中，毀了自己跟家人的人生。」

杜書綸回望著他，「所以我說了！我沒動，我又不是傻子！我眞的是問其他人的。」

他們學校裡很多人在吸食，打個遊戲都能遇到，白痴才會以身試毒品！

「眞的嗎？」連聶泓珈都很懷疑。

杜書綸翻了個白眼，乖乖的從書包裡拿出剩下的四包即溶咖啡包，「我之前買了五包，給羅鴻恭一包，剩下的都在這裡。」

老李見狀飛快抽走，這小子居然手邊還有。

聶泓珈即刻朝武警官頷首，證實缺的那一包是送給羅鴻恭的。

「我想陳老師原本是想治療某些過動症，或大腦疾病吧，但後來連心態都變質。許多特殊孩子因爲他變得更加嚴重，他甚至改成拿老人做實驗！首都好幾間養老院都深受其害。」章警官這才道出眞相，「紫貝在S區的泛濫率是最低的，在首都才叫眞正的泛濫成災！現在雖然他人已不在了，但市面上還是有大批的存貨在流傳。」

杜書綸自行推著輪子往前，看著冰箱貼上的照片，心裡叩登一下。

「這位是……」他指向一張即可拍，上面有著陳岳與一位長者的照片。

「還在調查中，希望能多瞭解一下他從老師變成製毒者的過程。」武警官已經找遍了他的人脈，卻沒發現那位長者。

聶泓珈上前查看，那張照片的長者……就是那晚別西卜曾經幻化的其中一位模樣……他說過，是他指導陳岳製作紫貝的。

別西卜給了個開頭，但後面發生的事一樣是陳岳自己的決定。

章警官一眼就看出端倪，冷不防地卡在兩個高中生中間，「或是，你們要不要直接跟我們說這位長者是誰，我們能省點警力去探查？」

聶泓珈倒抽一口氣，嚇得往後縮起身並別開視線，杜書綸自是沉穩許多，他看著冰箱上的照片，再轉向章警官。

「如果，我們說是別西卜，你們會信嗎？」

惡魔別西卜，七大惡魔之一，代表物正是蒼蠅。

「這條線就不要查了，應該也找不到。」章警官立即起身朝向武警官交代，「我沒猜錯的話，酒店女孩手上的那個仿包來源，是不是也不必追了？」

杜書綸即刻頷首，一旁的警察們個個臉色難看，老李揉著髮罵了聲髒話，再有心理準備，聽到眞相還是很詭異，而且扯到傳說中的惡魔太難以想像。

「停屍房掉了一具屍體，在屍體的表格裡獨獨多了行空白，但擔架上沒有屍體，也沒人有印象，調監控也無異，但是人員說了，他們的表格不可能空行。」另一位男姓警察即刻上前，「甚至說了一定是有靈異事件。」

聶泓珈不安的回頭看向杜書綸，眞的能說這麼多嗎？

「那個也是別西卜，別找了，找不到的。」杜書綸倒是快人快語，「之前發生過一件命案，但後來都被抹除，根本沒人記得，所以……」

警察們開始低語討論，這是很弔詭的狀況，難以用科學解釋的事情，以靈異解釋時，反而就通了！只是當老李詢問所謂「消失的命案」時，杜書綸就不打算說了，沒必要。

「謝謝！就是要這樣，人力有限，不能花費在找不到答案的案子上。」章警官滿意的微笑。

「那我可以知道，這位陳老師的死因嗎？」杜書綸提出了疑問，「我發現他也很浪費食物，食量也超大，那天整個家都是敗壞的食物……記得肥邦嗎？他也是被蒼蠅……」

「不，他……是噎死的。」

什麼!?連聶泓珈都不可思議的以爲自己聽錯，「噎、噎死的？」

「對，並沒有什麼離奇的死法，雖然他死亡多日，身體腐敗，但卡在氣管的蝦子還在，單純的……因爲吃太快太猛而噎到！加上獨居，他又過度肥胖，連自救都難。」

就這樣，死在他次愛的食物中。

「呵……」杜書綸忍俊不住，失笑出聲，「這眞的太離譜了！造成這一連串事故的原因，只是因爲一隻蝦子！」

「我的天哪！單純噎死！難怪別西卜會說，不一定是誰召喚他，或許是被吸引來的！」連聶泓珈都覺得有些可笑，「那位陳老師暴飲暴食又浪費食物，沉迷於製毒實驗枉顧他人生死，再被噎死，這簡直暴食最佳典範。」

「所以惡魔是被他吸引來的嗎？但是，不是他指導製毒的？」武警官不太明白。

「教製毒只是個誘惑，但後續會不會走上暴食之路，不是惡魔控制的，是那位老師的選擇。」章警官瞭然於胸，「毒品失去了供應，成癮者就會急躁，雖說成癮者不多，但我看區區幾位學生就夠嗆了。」

「白松齊吸食過量的死亡加速進展，他對我意見很大，又沉迷於第一與獎學金，執念過重，剛好被利用。」杜書綸承認自己可能是其中的一環，「其他優等生也跟著被利用，他們吸食紫貝、白松齊再吸食他們，平均起來大家都有毒吸了。」

「白松齊到底爲什麼這麼討厭你？一個高二、一個高一，眞的要搶第一的話，討厭你的也應該是沈柏儒？」

「因爲書綸以前檢舉過他，他之前叫白明偉，冒領清寒相關獎學金，他們一家都假裝清寒！資格怎麼通過的我不知道，總之他就是大領特領，志得意滿還浪費許多愛心餐券。」聶泓珈對此是不齒的，眼裡都是不屑，「我也在場，我們是親眼看著他丟掉一整疊餐券的，我們那時還撿起來，再祕密寄給一些社福單位。」

「是了，那天我就說了，住那種地方怎麼可能會是清寒家庭！」老李印象可深了，光外面那台車就跟清寒八竿子打不著。

「我記得那次檢舉！我剛好是偵辦者！」一名女警出了聲，「當時影響層面其實不小，不只是原本能領獎學金的孩子，有許多補助方甚至暫停捐助活動，很多樂捐人也因不信任就不再捐助，間接導致許多家庭失去幫助！」

「所以我才檢舉啊！我還實名檢舉，所以白松齊對我特別在意。」杜書綸也是無奈，誰料得到他高中會考回來。

「而且當時受到影響的人，也在最近的事件中……」女警接著語出驚人，「事實上，兩個酒店小姐，甚至連洪偉邦都是！」

什麼!?陳詠歆、Iris、肥邦都跟那件事有關!?

「怎麼會?」聶泓珈突然意識到不妙，「是因爲失去幫助，她們才……」

「嗯，家中沒錢，孩子對金錢的不安全感會加重，轉成追求金錢都是常態，在此之前社工都還有輔導過女孩子們，但後來她們搬出去住，就變得難以追蹤了。」

杜書綸深呼吸一口氣，「洪偉邦呢？他吃成那樣，不像是清貧家庭吧！」

「他不是，但是……他是特殊生！剛提到有批特殊生曾被餵以紫貝當治療，他之前也在同一所治療所。」另一位員警是負責調查洪偉邦的，「他本來以前就很愛吃，但治療後就變得越來越嚴重，只是我們現在不能確定跟紫貝是不是有關……」

絕對有關！

這都能搞連連看了！無論是實質意義上的暴飲暴食，或是過度沉溺不可自拔，全都互有關聯！

「我早知道……早知道白松齊是當初那個人，就應該繼續舉報他！」聶泓珈怒從中來，「這樣說不定就可以阻止這件事發生！」

聶泓珈有別於平時的害羞低調，突然帶著義憤填膺之態，加上那中性帥氣的模樣，頗有點颯勁。

武警官其實也發現，最近的聶泓珈有一點點跟之前不太一樣了。

「沒了白松齊，說不定還有別人，我們班那個沈柏儒，我轉到班上跟他講沒兩句話，都能這麼不爽我了！」杜書綸可沒那麼樂觀，「還有三年級的羅鴻恭，我們能重疊的獎項更少……」

聶泓珈斜睨了他一眼，「是啊，所以你有沒有覺得，你也有一點點問題？」

「我有什麼問題！」杜書綸嗤的一笑，「我還是那句話，他們要的公平，是期望犧牲掉我的權利喔。」

聶泓珈立即旋身，逕自往外走去，懶得理他了。

書綸繼續這樣，只會樹敵無數，雖然她知道他說得沒有錯，天生的智商是他所擁有，也不能逼他不爭取獎項，道理是一件事，但人類要是這麼單純就好了！如果人人都能講理，還會有這麼多事故嗎？

人們如果均善良知足，哪還會有原罪呢？

「惹女孩子生氣啦！」老李調侃著，「你也是，你有理跟做人是兩件事。」

「我懂，但我討厭他們把自己的無能怪在我身上。」杜書綸蠻不在乎的說道，「凡事都是自己的選擇，連吸毒都要歸咎到我頭上，這眞的超過了！」

厚繭的大掌溫暖的搭上杜書綸單薄的肩頭，章警官溫柔的輕拍了拍。

「孩子，別輕易挑戰人性，你會吃大虧的。」章警官眞的語重心長，因爲他經手過太多案子，起因都是微不足道的小事，多的是把自己過錯怪到他人身上的。

只要能讓自己感受好一點，怪罪他人都是天經地義，人很擅長催眠自己，催眠久了，歪理都還能變眞理。

杜書綸抬起頭，回以微笑，「我都明白的，警官。」

明白歸明白，但他還是有自己的原則想遵守，而且……他也想看看，人們可以惡質到什麼境地？

所以杜書綸默默的拿出手機，點開了放學前登入的頁面，按下了「確定申請」四個字。

這是他的權利，無人有權要求他犧牲，更不該道德綁架他。

章警官倒是若有所思的凝視著他，沒再說什麼，只是再拍了拍他便走了出去。

呼，看著前輩步出，武警官隨後跟上，沒客氣的用手掌朝他肩頭一拍，「喂，所以你們眞的是單純跟蹤羅鴻恭進到森林，才意外找到屍體的？腳上的傷口是跌倒時被斷掉的樹枝插到？」

杜書綸皺了眉，眼鏡下的雙眼帶著一抹：你蠢還是我傻的意味。

「半夜敢去森林保護區就已經很不合理了，而且你們還有空傳訊息告知父母卻不報警？」連老李都忍不住說上兩嘴，「先報警，就不必受這麼多皮肉傷了啊！」

「大哥們，別說得一副你們去就有辦法的樣子！你們光找到我們就花了幾小時？」杜書綸實在不得已的吐嘈，「亡者針對我，也不會讓你們找到我的。」

他說得沒錯，杜家報警是十點多，但他們在森林裡尋獲杜書綸時已經是半夜兩點了，連他們自己都不覺得有這麼久，而且埋屍地點，其實距入口沒有半小時，雖說遠離步道，但警方也出動了警犬，依舊無果，這也不是常理能解釋的。

武警官蹲了下來，嚴肅不已，「我就問一句，你們還會有下次嗎？」

「不會！不要！拜託……」杜書綸連連求饒，「上次嗆傷，現在兩個洞，我都不知道什麼時候能走，我才不想再一次！」

他很無辜好嗎？

「我也不想！我不喜歡連睡覺都膽戰心驚的。」聶泓珈再次登回，眉間不展的嘆息。

她最近都夜不成眠，想到動手刺入別西卜的那刻，每天都很怕惡魔哪天會直接殺過來。

「平安眞的是福。」杜書綸這句話更是發自肺腑。

「對！但我們要快點走了，今天天黑前得回家，不然杜媽媽會擔心的。」

「我找人送你們吧！」武警官即刻請下屬幫忙，畢竟這兩位是直接被他們從學校載出來的。

聶泓珈有點遲疑，瞄著杜書綸互相傳遞無聲訊息。

「既然如此，想請警方幫我們個忙。」杜書綸賣起乖來，「我們兩個，好像被坑了錢。」

穿著橘色洋裝的女孩趴在透明櫥窗上，兩眼發直的盯著裡面陳列的新款名牌包，她看著一個櫃姐將包取下、包裝後，遞給了一個穿著時尚的顧客。

女孩空洞的雙眼突然活過來似的，目不轉睛的看著拎包離店的顧客，她用斷掉的右手試圖撥髮，才想起自己的手腕已被剁下，改用塗滿鮮紅指甲的左手整理儀容。

拖著踉蹌且滿是泥濘的步伐，跟著那名顧客身後，亦步亦趨……那該是她的包對吧？這麼新又這麼好看……亡魂路過了一間緊閉的廟宇，毫無畏懼。

平時絡繹於途的廟宇今日卻大門深鎖，警察上前敲了幾次門，按了門鈴都沒有反應，前頭的攤販也在抱怨，廟祝跟人員不知道是不是出去辦事了，好幾天沒開，他們這些賣香燭的都沒生意了。

「該不會捲款潛逃了吧？」聶泓珈忍不住哀聲嘆氣，「在這邊買的護身符，一點用都沒有！」

「沒用？真的假的，這廟不是挺靈的嗎？我也求了一些耶！」賣花阿姨湊了熱鬧，「同學，啊妳怎麼知道沒用？」

聶泓珈瑟縮了一下，這能講嗎？因爲撞鬼了，但鬼不怕這些東西！

「我們不能硬闖，我們通知管區，這兩天幫你們密切注意，如何？」警方也只能這麼做，「等跟廟祝們談過，你們可以再決定要不要報案或起訴。」

「我不想這麼麻煩，我只想把錢拿回來。」杜書綸萬般無奈，但的確也不能硬闖。

今天只能如此了，警察最後載送他們回家。

而大門深鎖的廟宇深處，廚房裡有著堆積如山的垃圾，扔棄的都是新鮮能吃的食物，早已酸敗且蒼蠅紛飛；而數個燃著香的房間裡，躺著橫七豎八的屍體，已被蒼蠅全身覆蓋。

「對不起……對不起……」

而那個特殊的廂房裡，廟祝與師父兩人虛弱的坐臥在地，他們完全打不開門，求救叫喊也無人應答。前幾日叫了小姐到廟裡來「服務」，結果那些美人兒突然間都變成了蒼蠅，嚇得他們驚慌失措，慘叫聲在廟裡此起彼落，最後只剩他跟師父躲到了這間廂房裡，卻再也出不去。

他們全身發癢，皮下紛紛冒起了小肉瘤，更可怕的是，他現在甚至覺得這些肉瘤會動……

「好癢……」師父喊著，抓著，「啊啊……有東西在我身體裡爬啊！」

「走開！你離我遠一點！」廟祝一腳踢前，抵住了要撲過來的師父，「你不要靠近我！你這……唔！」

緊接著，他也癢了起來，渾身抽搐顫抖，真的有什麼在他體內爬行一樣，他扭動著身體，想把那種不適感甩掉，可是——嗡嗡嗡……蒼蠅的聲音在耳邊響起，不！

是在耳朵裡響起……小腳在耳道裡爬著，一隻蒼蠅從他耳裡飛了出來。

師父都沒看清，眼前景象突然籠罩著鮮紅色，像紅墨滴入水般的漫開，漸漸遮擋了他的視線……眼下的蒼蠅努力鑽著，總算突破了淚孔，好好的鑽了出來。

「哇啊——走開！哇啊啊——」

「救命——救……」

嗡嗡——

「孵化了嗎？」正太把玩著筊杯，滿意的笑了笑，「快點吃，好好的吃飽吧！」

「你還在玩啊？」

身後突然傳來驚人的聲音，正太詫異轉身，這廟門深鎖，居然還能有不速之客！回首看著跨進廟裡的人，他露出可愛的笑容。

「多收集一點，這種美味難得，你知道的，人類靈魂是上等佳餚。」正太輕輕一躍，背對著神桌卻能跳上坐穩，「你不是剛好路過這裡吧？」

「當然不是，我才剛離開S區而已，你跟著我後腳進來了，所以過來看看。」男人環顧四周，「這裡的人怎麼了？」

「驕奢淫逸、偷矇拐騙，我愛吃的那種。」正太雙手撐著桌緣，兩隻腳裝可愛的踢著，「來找我？」

「嗯，好久不見了！少說幾十萬年了吧？」男人倒也自在，「要不要去夜市逛逛？附近有個新型夜市，應該很符合你的喜好，要找暴食，得去夜市找啊！」

「呿！說得好像吃太多的人我就要似的！」正太不以為然，「不到一定的偏執沉迷，我可沒興趣。」

男人走到了桌前，朝他伸出雙手，「不跟我敘敘舊？」

正太歪了頭，也伸出雙手回應，任男人將他抱著，轉身朝外走去。

「你幻化成這種男孩有點超過……咦？受傷啦？」

「小傷。」正太還真的環住了男人的頸子，「欸，薩麥爾，你知道有魔界的武器，在人界流傳嗎？」

尾聲

吃飽後，因爲杜書綸還帶著傷，吃藥後也昏昏欲睡，所以聶泓珈早早就回了家，將杜媽媽做的飯盒擱到冰箱，留了張字條貼在冰箱上，爸爸應該明天就會回來，她還沒起床的話，他可以熱來吃。

聶泓珈拖著疲憊的身軀上了樓，書包往地板一扔，抓過睡衣要洗個戰鬥澡，再立即鑽進被窩。

只是準備出房門時，卻發現書桌上有個東西似乎在發光。

她遲疑後退兩步，再次往書桌上看去——

一個帶刀的手指虎。

天哪！聶泓珈嚇得直接把自己摔上牆，緊張的左顧右盼……別西卜嗎？惡魔大人，對不起！那天他們眞的別無他法，只有卸下源頭的力量，惡鬼才不會這麼囂張！

聶泓珈雙手合十的拚命道著歉，但是……她沒有覺得毛骨悚然，家裡的磁場相當平靜，現在沒有……沒有那些東西？

戰戰兢兢的走上前，她不知道這個手指虎是不是刺傷別西卜的那個，但她希望不是！她不認爲惡魔會這麼好心，特地拿這個來還她……不！這也不是她的，是、是唐恩羽大姐的！

伸出的手不住的發顫，她最終還是把手指虎拿了起來，日常的手指虎是金色的，看起來與一般金屬無異，她緊緊握著，內心說不上來的慌亂。

只是手指虎下，還壓了一張紙。

她蹙起眉，狐疑的拿起了那張紙，其實那是一張名片，全黑的名片上，印著白色的特殊字體。

「PUB……百鬼夜行？」

後記

暴食，可以算是非常難寫的主題了。

它的定義實在很模糊，字面上看當然是暴飲暴食，但又不是指大胃王，指的是暴食但又浪費食物的人……我之前查過了相關定義，我只能說眾說紛紜，各種理論都有。

有人說原罪與宗教相關，而且要扯到羅馬時期，當時一般人生活困苦，但若見到朱門酒肉臭就會很恨，大家都吃不飽了，卻有人因爲吃不下亂丟食物，是爲罪。

也有人說，食量大並非錯，但是只能吃五公斤卻叫了十公斤的飯菜，最後盡數丟棄，是爲罪。

但浪費到多少能稱爲暴食？這界線又模糊了。

接著又有一說，「沉溺」爲罪，甚至包括了現今社會對名牌的迷思，各種虛榮，甚至深入不可自拔，這些都已經到了罪的地步。

看完後我腦子在一片混亂中，出現了一條路，名爲「耽溺」的暴食原罪。

我個人覺得「沉迷」與「耽溺」是有程度上的差別，前者是迷戀，後者是已經「溺」了，沉在裡頭無法自拔而且毫無節制，甚至傷害到他人。

所以賭博、毒品、酒精這些絕對都算數，由於酒精在「憤怒」那邊寫過了，而且我很想寫「過度追求」這件事，因此本次著重於毒品上了；毒品會沉溺這個無可厚非，但其實人心在過度追求某件事上時，往往更可怕。

簡單來說就是偏執，不管是故事內的人，過度為了追求成就、追求名牌，其實底子裡跟虛榮脫不了關係，很多情況都是為了「虛榮心」才會過分偏執某件事。而人們的偏執心，往往能做出許多令人不可思議的事情。

不得不說別西卜大人是真強，因為暴食引導虛榮，虛榮後便會展開貪婪，真的太厲害了！

但是，我不是說追求上進不好，也沒說喜歡名牌是錯的，重點在「適度」！任何事情為了獲得而傷害別人，這才叫罪。

記得嗎？以前曾有過學生為了想要同學的平板電腦，不惜推同學去撞車的。也有學生為了在某些比賽中獲獎，不惜在競爭對手飲食裡下毒或是傷害對方。

人們為了想要的事物，不擇手段的例子太多了。

果然，這就是人吧！

這個五月從母親節以來就不太平，可謂地獄空蕩蕩，惡魔在人間，還請大家注意自身安全喔！

最後，由衷感謝購買這本書的您們，購書才是對作者最實質且直接的支持，沒有您們的購書，作者便無法繼續書寫下去，謝謝！

笭菁

※本書純屬虛構，如有雷同，完全巧合※

國家圖書館出版品預行編目資料

SIN 原罪 III：饞・耽溺者 / 笭菁著　—初版—
台北市：奇幻基地出版；
家庭傳媒城邦分公司發行；2024.6
面：公分 . –（境外之城：.161）
ISBN 978-626-7436-13-4（平裝）

863.57　　113005578

ISBN　978-626-7436-13-4
Printed in Taiwan.

※ 本故事內容純屬虛構，如有雷同，純屬巧合。

城邦讀書花園
www.cite.com.tw

境外之城 161

SIN原罪 III：饞・耽溺者

作　　者／笭菁
企畫選書人／張世國
責任編輯／張世國
發 行 人／何飛鵬
總 編 輯／王雪莉
業務協理／范光杰
行銷主任／陳姿億
資深版權專員／許儀盈
版權行政暨數位業務專員／陳玉鈴
法律顧問／元禾法律事務所　王子文律師
出版／奇幻基地出版
城邦文化事業股份有限公司
台北市 115 南港區昆陽街 16 號 4 樓
電話：(02)25007008　傳眞：(02)25027676
網址：www.ffoundation.com.tw
e-mail：ffoundation@cite.com.tw
發行／英屬蓋曼群島商家庭傳媒股份有限公司城邦分公司
台北市 115 南港區昆陽街 16 號 8 樓
書虫客服服務專線：(02)25007718・(02)25007719
24 小時傳眞服務：(02)25170999・(02)25001991
服務時間：週一至週五09:30-12:00・13:30-17:00
郵撥帳號：19863813　戶名：書虫股份有限公司
讀者服務信箱 E-mail：service@readingclub.com.tw
歡迎光臨城邦讀書花園 網址：www.cite.com.tw
香港發行所／城邦（香港）出版集團有限公司
香港九龍土瓜灣土瓜灣道86號順聯工業大廈6樓A室
電話：(852) 2508-6231 傳眞：(852) 2578-9337
馬新發行所／城邦（馬新）出版集團
【Cite (M) Sdn Bhd】
41, Jalan Radin Anum, Bandar Baru Sri Petaling,
57000 Kuala Lumpur, Malaysia.
電話：(603) 90563833　傳眞：(603) 90576622
E-mail：services@cite.my

封面插畫／山米Sammixyz
封面版型設計／Snow Vega
排　　版／芯澤有限公司
印　　刷／高典印刷有限公司
■2024 年5月30日初版一刷

售價／380元

廣　告　回　函
北區郵政管理登記證
台北廣字第000791號
郵資已付，免貼郵票

115 台北市南港區昆陽街 16 號 8 樓

英屬蓋曼群島商家庭傳媒股份有限公司城邦分公司 收

請沿虛線對摺，謝謝

奇幻基地

每個人都有一本奇幻文學的啓蒙書

奇幻基地粉絲團：http://www.facebook.com/ffoundation

書號：1H0161　書名：SIN原罪 III：饞・耽溺者

| 奇幻基地・2024山德森之年回函活動 |

好禮雙重送！入手奇幻大神布蘭登・山德森新書可獲2024限量燙金藏書票！
集滿回函點數或購書證明寄回即抽山神祕密好禮、Dragonsteel龍鋼萬元官方商品！

【2024山德森之年計畫啟動！】購買2024年布蘭登・山德森新書《白沙》、《祕密計畫》系列（共七本），各單書隨書附贈限量燙金「山德森之年」藏書票一張！購買奇幻基地作品（不限年份）**五本以上，即可獲得限量隱藏版「山德森之年」燙金藏書票；購買十本以上還可抽總值萬元進口龍鋼公司官方商品！**

好禮雙重送！「山德森之年」限量燙金隱藏版藏書票＆抽萬元龍鋼官方商品

活動時間：2024年1月1日起至2024年10月30日前（以郵戳為憑）

抽獎日：2024年11月15日。

參加辦法與集點兌換說明：2024年度購買奇幻基地任一紙書作品（**不限出版年份，限2024年購入**），於活動期間將回函卡右下角點數寄回奇幻基地，或於指定連結上傳2024年購買作品之紙本發票照片／載具證明／雲端發票／網路書店購買明細（以上擇一，前述證明需顯示購買時間，連結請見奇幻基地粉專公告），寄回五點或五份證明可獲限量隱藏版「山德森之年」燙金藏書票，寄回十點或十份證明可抽總值萬元進口龍鋼公司官方商品！

活動獎項說明

- **山神祕密耶誕好禮＋「寰宇粉絲組」（共2個名額）**
  布蘭登的奇幻宇宙正在如火如荼地擴張中。趕快找到離您最近的垂裂點，和我們一起躍界旅行吧！
  組合內含：1. 躍界者洗漱包 2. 躍界者行李吊牌 3. 寰宇世界明信片 4. 寰宇角色克里絲別針。

- **山神祕密耶誕好禮＋「天防者粉絲組」（共2個名額）**
  衝入天際，遨遊星辰，撼動宇宙！飛上天際，摘下那些星星！組合內含：1. 天防者飛船模型 2. 毀滅蛞蝓矽膠模具 3. 毀滅蛞蝓撲克牌 4. 寰宇角色史特芮絲別針。

特別說明

1. 活動限台澎金馬。本活動有不可抗力原因無法執行時，主辦單位有權決定取消、中止、修改或暫停本活動。
2. 請以正楷書寫回函卡資料，若字跡潦草無法辨識，視同棄權。
3. 活動中獎人需依集團規定簽屬領取獎項相關文件、提供個人資料以利財會申報作業，開獎後將再發信請得獎者填妥資訊。若中獎人未於時間內提供資料，主辦單位有權取消得獎資格。
4. **本活動限定購買紙書參與，懇請多多支持。**

個人資料：

姓名：＿＿＿＿＿＿ 性別：＿＿＿＿ 年齡：＿＿＿＿ 職業：＿＿＿＿＿ 電話：＿＿＿＿＿＿

地址：＿＿＿＿＿＿＿＿＿＿＿＿＿＿ Email：＿＿＿＿＿＿＿ □ 訂閱奇幻基地電子報

想對奇幻基地說的話或是建議：＿＿＿＿＿＿＿＿＿＿＿＿＿＿＿＿＿＿＿＿

奇幻基地

請剪下右邊點數，集滿十點寄回奇幻基地即可參加抽獎，影印無效。

1
A Year of Sanderson
2024

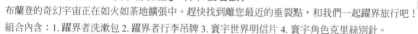